イケメン御曹司は子育てママと愛娘をもう二度と離さない

森本あき

Illustration
敷城こなつ

gabriella books

イケメン御曹司は子育てママと愛娘をもう二度と離さない

contents

大切なのはどっち？
そう自分に問いかけた。
選んだものはまちがってなかったけど。
選ばなかったものもすごくすごく大切で。
どうしたらよかったのか。
その答えは、いまだにわからない。

第一章

「おはよー！」

すごい勢いでアタックされて、石垣美奈《いしがきみな》は、うっ、と小さく声を漏らした。

「アリス…」

美奈は布団から起き上がる。

「なあに？」

天使のような顔をして、悪魔のような行動をするわが娘は、やっぱりかわいい。笑顔でそう言われると、なんでもない、と言いたくなる。

でも、だめ。ちゃんとしからないと。

「寝ている人にそんなふうに突撃《とつげき》してはいけません」

「トツゲキしてないよー」

突撃は教えたから、ちゃんとわかっている。ちょっと舌足らずになるところが愛《いと》おしい。

美奈の人生はいろいろあったから、子供をちゃんとかわいいと思えるのか、少し不安になるときもあった。

でも、大丈夫。世界で一番大事だとなんの曇りもなく言える。

「したでしょ。眠っているときにそうされると痛いの。いつもの突撃ごっことはちがうのよ。眠っている人にそうやって全力で走ってきて、ドン、ってやるのはだめ。わかった？」

「はーい」

「そのお返事でいいの？」

「はい」

アリスはようやく美奈が本気で言っているとわかったらしく、しおらしくなった。

「ママ、痛い？」

「痛いし、びっくりした。だめよ、本当に」

「ごめんなさい」

アリスがしゅんとする。うなだれると、顔が見えなくなった。そのかわり、髪の毛がよく見える。

ふわふわの天然パーマで髪は首筋ぐらいまで。髪の長さはアリスの好きにさせている。美奈が切っているから、鏡の前で、どの長さにする？　と聞くのだ。

アリスはそんなに長いのが好きじゃないのか、いつもこのぐらいの長さ。そのうちのばすのかもしれない。どっちでもいい。アリスの好きなようにすればいい。

まだ三歳だから将来どうなるのかはわからないけれど、顔はとてもかわいい。親バカだと言われてもいい。ぱっちりした目に少し大きめのピンクの唇。鼻は低くてそんなに形もよくないけれど、それすらもかわいい。

美奈にはそこまで似ていない。女の子は父親に似る、というけれど、たしかに、成長するにつれ父親の影が色濃くなってきた。

たまに、はっとするぐらい似ているときがあって驚く。

「わかればいいの」

美奈はアリスの頭を撫《な》でた。

「怒ってない？」

「怒ってたけど、アリスがちゃんと謝ったからもういいわ。寝てるときはしないのよ。突撃ごっこしたいなら、起きているときにして」

体力も運動量も増えてきて、すごい勢いで走って美奈に抱きつく遊びがアリスの中ではやっている。受ける方も体力も気力も使うけれど、子供が元気なのはいいことだ。

「はい！」

「いいお返事です。朝ごはん食べようか。何がいい？」

「ホットケーキ！」

「ホットケーキね。わかった」

ホットケーキは冷凍した残りがあったはず。あれをあっためて、フルーツでも添えて、飲みものは牛乳でいいかな。足りなければ、また考えればいい。

子供は本当に気まぐれで、これが食べたい、って言ったのに、いざ出したらまったく手をつけないこともある。とにかく、なんでも食べてくれればいい。栄養とか、そういうことを考えるのはもっと先。

好きなものを好きなだけ食べていても大丈夫、と子育ての先輩が教えてくれた。それでも、ちゃんと育つし、大きくなってくれるから、と。

ホットケーキを用意して出したら、今日はぺろっと食べてくれた。

「わー、おりこうさん！」

お皿が空になるのは嬉《うれ》しい。料理上手だという自負があるのに、全部残されたりするとがっくりする。口にあわない、おいしくない、とか、そういうことじゃなくて、なんか食べたくない、と言われて、残ったものは美奈のおなかに収まる。

母親ってこうやって大きくなっていくのかしら。

自分の分に加えて子供の残り物を食べていたら、絶対に太る。だから、美奈はアリスの食事が終わってからじゃないと自分のは用意しない。

今日は何も残っていないので、美奈もホットケーキを温めよう。冷凍庫にはとにかくたくさんの食料がある。だいたいが、あったためたらすぐに食べられる主食。冷凍食品もあるし、美奈の手作りのものもある。

あ、そろそろ、グラタンの賞味期限が切れそう。だったら、これにしよう。

朝からグラタンでも美奈はまったく平気。

グラタンをレンジであったためて、コーヒーを入れて、いただきます。

「それ、なあに？」

アリスが興味深そうに見ている。

「グラタン。食べる？」

「食べる！」

アリスは好奇心が旺盛で、はじめてのものでもいやがらない。ずっとおなじものしか食べない、とかじゃないから、作りがいがある。

これは冷凍食品だけど、ここ何年かで冷凍食品は本当においしくなった。

熱いからお皿にあげて、フォークをつけて、よく噛《か》んで食べなさい、と注意する。アリスは一口食べて、おいしい！　と笑った。本当にかわいい。

食事がすんだら、しばらくアリスと遊ぶ。このあと、美奈は自分が経営している喫茶店に行く。帰ったころには、アリスは寝ていることが多い。

だから、遊べるときに遊ぶのだ。突撃ごっこもいくらでもつきあう。

そうこうしているうちに乳児のころから面倒を見てくれているベビーシッターの白木《しらき》がやってくる。

朝の九時からお昼の一時までお世話を頼んで、一時になったら喫茶店に連れてきてもらい、六時にアリスを迎えに来てもらって九時まで家で見てもらう。

喫茶店の営業時間は十一時から八時まで。一番混むのがランチタイムの十二時から一時までなので、そこは避けて、あとはお店の看板娘としていてもらうのだ。ランチタイム以外で満席になることはないし、アリスがいてもだれもいやな顔をしない。

こういうところは田舎町のいいところだと思う。

アリスと遊んでいるとインターホンが鳴った。

「はーい」

白木の顔を画面で確認して、ドアを開ける。

「おはようございます」

「おはようございます。今日もよろしくお願いします」

「白木さんー！」

アリスがすっとんできた。アリスも白木が大好きなのだ。

白木は四十代半ば。結婚が早く、子供を二人ほど授かり、その子供たちも大学に行くために家を巣立った。

まだまだ働きざかりで、子供たちの大学資金も必要なため何か仕事をしようと探していたら、美奈と出会った。

美奈はベビーシッターを必要としていて、何人かと面談していたのだ。

子供が好きなんです。

にこっと笑ってそう言った白木を見た瞬間、この人だ、と思った。

この人なら大丈夫。

そんな直感は信用することにしている。

それでもやっぱり、自分の子供を他人に預けるのが最初は怖くて、まるで見張っているような感じになった。

いろいろなものを捨ててまで、美奈が選んだ宝物。

だれにも傷つけてほしくない。

その気持ちがとても強くて、いやな思いをさせたこともあったんじゃないかと思う。

わかりますよ、と言ってもらえた。

子供をだれかに面倒見てもらうのって、やっぱりいやですもんね。私は自分の母親でもいやなときがありました。昔といまは子育ての常識がちがうのに、って。私が子供を育てていたころといまもちがうんです。

個人的に勉強しているつもりなんですが、そこはちがう、というのがあったら、遠慮なく言ってくださいね。

この子のことを一番深く愛しているのは美奈さんなので。

そう言ってもらって、肩の荷が下りた。それと同時に涙があふれてとまらなかった。

自分でもどういう感情なのかもわからないまま、わんわん泣いた。息ができなくなるぐらい泣いた。

白木はただそばにいてくれた。それがよかった。

この人だ、とまた思った。

それ以来ずっと信用しているし、アリスが幼稚園を卒業するまではずっとベビーシッターをしてもらおうと思っている。

アリスは来年度から幼稚園に行く。もうそんなに時間がたったんだ、と驚くこともある。

この三年間、必死で子育てをしてきた。

たった一人、だれにも頼らない。

そう思っていたけれど、この町に引っ越してきて知り合いも増えた。白木のようにアリスを任せられる人もいる。

自分の選んだ道はまちがってなかった。

そう自信を持って言える。

「じゃあ、お願いします」

これからお店に行って、ランチの準備をする。今日の日替わりは好評のハンバーグ。オムライスやナポリタン、サンドイッチもあるけれど、そんなには出ない。サンドイッチはどちらかというと、ランチタイム以外で出やすい。

お店に行って、ハンバーグを二十食分作る。日替わりはいつも二十食だ。だいたい一時半ぐらいに完売するので、ちょうどいい数だと思っている。

「はい。いってらっしゃいませ」

にこっと笑う白木にいつも安心をもらって、家を出る。

喫茶店までは歩いて十五分ほど。毎日、この距離を往復で歩くのはいい運動になっている。

自転車も車もあるから、急いでいるときや雨のときはそれらを使うけれど、だいたいは歩いていく。歩きながら、今後のメニューなどを考えるのが好きなのだ。

美奈が経営しているお店の名前は『ティンカーベル』。

店名を『ティンカーベル』にしたのは、ただ単にティンカーベルが好きだから。

美奈の両親はとても仲が悪く、夜になると喧嘩《けんか》ばかりしていた。その二人の怒鳴り声を聞きたくなくて、布団に潜り込んで、ティンカーベルが迎えに来てくれたらいいのに、と願っていた。あのきらきらした魔法の粉で、いますぐネバーランドに連れていってほしい。ここにいたくない。

もちろん、ティンカーベルが来てくれることはなかった。両親は美奈が小学生のときに離婚した。二人とも、美奈のことはいらない、と親権を放棄して、美奈は父方の祖母に育てられた。その祖母はとてもやさしかったし、祖母と暮らした時間はとても大切な宝物だ。

祖母は美奈が高校を卒業すると同時に、もうこれで大丈夫、とばかりに亡くなった。病死ではなくて自然死だった。朝、起こしに行ったら亡くなっていたのだ。

だれにも迷惑をかけないようにぽっくりいきたいね。

祖母はよくそう言っていたから、望むとおりの終わりを迎えられた、と喜んでいるだろう。だけど、もっと生きていてほしかった。美奈が大人になって恩返しができるまで、元気でいてほしかった。

いっぱい泣いて、いっぱい悲しんで、でも、それ以上に感謝した。ありがとう、と何度も何度も安らかな顔で眠っている祖母に伝えた。

喧嘩してばかりの両親にうんざりしたままだったら、美奈は結婚しようとも子供を作ろうとも思わなかったにちがいない。

最初は愛し合っていたはずで、だけど、その愛は長くつづかずに険悪になっていく。子供すらいらない、と言う。自分もそうなってしまうかもしれない。だったら、結婚なんてしなくていい。子供もいらない。

両親に捨てられたことで、その考えはますます強固になっていった。それを祖母が変えてくれた。

美奈がいてくれてよかった。あのバカ息子とバカな嫁が美奈を作ってくれてよかった。美奈がうちに来てくれて、おばあちゃんは毎日幸せだよ。

いつもそう言ってくれて、親に愛されなかった心を満たしてくれた。

祖母には、いくら感謝してもし足りない。

高校を卒業すると同時に美奈は上京して事務職についた。祖母のいなくなった場所になんの未練もなかったし、東京の方が稼げると思ったからだ。ただし、正社員じゃなくて派遣社員。正社員はさすがに無理だった。

たしかに田舎にいたときよりも賃金は高いけれど、高卒で資格もない女子の事務職だと給料もたかが知れている。派遣だと残業はできないし、家賃を払ったらほとんどお金がなくなってしまう。

若くて体力のある美奈は、夜と週末に高級クラブでバイトをすることにした。接客じゃなくて、裏方として食べ物を作る仕事だ。接客の方がたくさんお金はもらえるけれど、食事を作ることに興味があったのだ。

二十歳になるとバーテンダーにしてもらえた。そのお店で料理やお酒について教えてもらったことが、いまものすごく活《い》きている。いつか役に立つかもしれない、と調理師免許もその時期に取った。おかげで喫茶店経営に必要な資格は講習を受けずに取ることができた。

『結局は水商売育ちなのよ。どんなに昔を忘れてもあんたは薄汚れている』

そう言われたのはいつだったっけ。

美奈は水商売をやっていたことを恥じてはいない。そのおかげでお金を稼げたし、貯金もできた。二十二歳で正社員にならなければ、ずっとつづけていたと思う。正社員になると、さすがにバイトはできない。結構いい会社だったから、いろいろな手当もついて、バイトをしなくても暮らしていけるようになった。

そんなことをつらつらと思い出しているうちに喫茶店についた。まだ明かりもともっていない、なんの準備もしていないお店を見るのが好きだ。

しばらく眺めてから、お店の鍵を開けようとすると、ポン、と肩をたたかれた。

だれか知り合いの人かな?

こういった小さな町は顔見知りだらけだ。ここに来る前に住んでいた東京では、街で顔見知りに会うことなんてめったになかった。

だけど、そういうのにも慣れていく。そして、そのつきあいが心地よくもなる。

たぶん、小さな町での生活に美奈は向いているのだ。

「はい…」

振り向いて相手がだれだか認識した瞬間、ガチャン、と鍵が落ちた。

TinkerBell

「やあ」

さわやかにそう言ってくる人は…。

「絢一《じゅんいち》…？」

脇坂《わきさか》絢一。アリスの父親。

美奈が東京に捨ててきた過去。

どうして、ここにいるの？

美奈の居場所を知るはずなんてないのに。

どうして。


絢一と出会ったのは合コンでだった。

美奈が正社員になって、少しずつ周りの社員に受け入れられ始めた二十三歳のとき。お昼を一緒に食べるようになった女子社員の一人に誘われたのだ。

今日、一人メンツが欠けちゃったから来てくれない？　と。

美奈はもともとおとなしい性質であんまりしゃべらないし、おしゃれもしてないし、化粧も下地と口紅と眉毛を描くだけで見た目的には地味だったから、きっとライバルにならないと思われていたんだろう。

いいですよ、と答えた。

そういうのもおつきあいのうちだ。月に一回、飲み会ぐらいはお金を使ってもいいと自分に許していた。

両親は生きてはいるものの、美奈は自分のことを天涯孤独だと思っている。

祖母が亡くなったとき、父親はお葬式に現れた。ほんのちょっとだけその場にいて、すぐにそそくさと帰ってしまった。美奈とは目も合わせなかったし、しゃべりもしなかった。

祖母と父親はもともと仲がよくなかったとは聞いている。だけど、自分の親が死んだのにそれはないんじゃないの、と帰ろうと背を向けた父親をにらみつけた。その視線にすら気づくこともなく、父親はいなくなった。それ以来、父親には会っていない。母親とは離婚以来、一度も会っていない。

両親が死んだらお葬式に行くのか、と考えてみると、たぶん行かないと思う。そういう親子関係もあるのだと自分に置き換えたら納得はできた。お葬式に顔を出しただけ、父親はまだマシなのかもしれない。

祖母の遺産は、父親と美奈で折半した。質素な生活をしていたからお金もあまりないのだろう、と思っていたのに、かなりの金額が手元に入ってきて驚いたものだ。弁護士さんの話によると、祖父が亡くなったときに結構なお金を遺《のこ》していて、それにほぼ手をつけていなかったらしい。

美奈もそのお金はまったく手をつけていない。手をつけるつもりもない。

いつか、本当に困ったときのために取ってある。

父親と母親が亡くなったら、その遺産は美奈にもやってくる。あの人たちからのお金は欲しくないから放棄するつもりでいるし、祖母の遺産とこれから自分が稼いでいくお金だけが頼りだ。

天涯孤独ということは、たとえば病気になったときに頼る人がいない。金銭的に困っても助けてくれる人もいない。

だから、その若さで？　と驚かれるようなきちんとした保険に入っているし、貯金もきっちりしている。

正社員になったばかりで給料は高くない。それでも、払うものは払って、節約できるところはして、どうにかがんばっている。自炊も材料をムダにしないように考えて、週末に作り置きをいろいろ作って、お昼は社食。社食の方がお弁当を作るより安いという、福利厚生のしっかりした会社で本当によかった。

そんな状況ではあるけれど、一ヶ月に一回ぐらいは外でおいしいものが食べたい。給料日付近に飲み会に誘われることが多いので、そういうときは受けることにしている。

合コンなんてはじめてで、ちょっとわくわくした。

美奈はこれまで男性とつきあったことがない。だれかに恋をしたこともない。とにかく必死に生きてきて、最近になってようやく一息つけたような感じだ。

水商売をしていたときに男性に誘われたことは何度もあったけれど、それはすべてうまくかわした。接客じゃないのも幸いして、断っても特に何にもなかった。

だれでもいいから彼氏が欲しい、と思ったことはない。男性がきらい、ということもない。

ただ、これまで恋愛に心が向いていなかった。自分のことだけでも大変なのに、もう一人大切な人ができたらどうしていいかわからない。

きっと、そういうところも敏感に悟られて、美奈が誘われたのだろう。

この子はライバルじゃない。

それでもよかった。というか、それがよかった。

合コンがどんなものなのか興味があるだけで、本気で相手を探しているわけじゃない。参加したという経験が大事だ。

合コンに行ってみたんですけど、なんかあんまりわたしにはあわなくて。

次回から、そうやって断ることもできる。

同僚と三人でお店に向かった。美奈以外の二人はお化粧も服装もばっちりで、美奈はいつもどおり質素な格好。

引きたて役としてなら、これでいい。

お店に入ると、ばりっとスーツを着た男性三人が目に入った。全員、顔がいい。その中でも、真ん中に座る端整な顔立ちの男性は上品なたたずまいが素敵だと思った。

黒い髪は短めできちんと整えられていて、切れ長の目、すっと通った鼻筋、薄い唇が上品な雰囲気を漂わせている。

育ちがいいんだろうな、と思った。そんな空気をまとっている。

それが絢一だった。

席は適当に座った。みんなかっこいいから、美奈以外の二人が、だれの前に座るのかのつばぜりあいみたいなものもない。美奈は二人が座ってから残った右端の席に着いた。

食事はコースでひととおり出てきて、飲み放題がついている。飲み放題のメニューを見て、なるほどね、と思った。これは安い。サワーとカクテルの種類が多くて、原価としてもっとも高いビールはない。カクテルは注文してから作る形式なわけがなく、既製品をグラスに注ぐだけだろう。ほかはグラスワインとハイボールと焼酎。千円だったとしても、余裕で店側に利益が出る。

この中で唯一飲めるとしたらワインだろう、と美奈は白ワインを頼むことにした。どれだけ安くても、おいしいワインはある。まだ名前も知らない、近いうちに恋仲になるとは思いもしない絢一も白ワインにした。

同僚二人は甘そうなサワー、男性二人はハイボール。

飲み物がやってきて、乾杯をした。白ワインを口に含んで、美奈は驚く。

「おいしい…」

思わず、声がこぼれた。

「ホントだ。ちゃんとしたワインだね。ソーヴィニヨンブランかな」

「この香りはたぶんそうだと思います」

こういう当たりがあるから、安い飲み放題でもあなどれない。

「若いのにワインに詳しいんだね」

「ちょっと仕事で勉強したものですから」

バーテンダーをやっていて叩《たた》き込《こ》まれました。

そんなことを言おうものなら、同僚からあとでどんな質問が飛んでくるかわからない。派遣時代とはいえ、別のバイトをしていたことはできるなら知られたくない。

「そうなんだ。ワインは好きかい？」

「ええ、好きです」

二十歳になって、初めてお酒を飲んだ。最初はビール、そしてワイン。ほかにもいろいろと飲ませてもらった。どれもおいしい、と思った。そんなに量が飲めるわけではないけれど、きらいだな、とか、苦手だな、というお酒はない。だから、バーテンダーには向いていた。

たくさん飲んで酔うこともないし、味見程度にはなんでも飲める。そうやっていろいろなお酒を知って、おいしいと思ったものを自信を持ってすすめられる。

「ぼくもだよ」

にこっと笑われて、にこっと笑い返した。

そのあとは特に会話が弾むわけでもなく、美奈はいつものように口数も少なく聞き役に徹していた。

美奈の気合いの入れなさ加減からして、対象外だと思われたのだろう。男性側も美奈に積極的に話しかけてこなかった。

食事もそこそこおいしく、赤ワインもおいしかった。ちょうどおなじころに絢一も赤ワインに切り替えて、二人でこくりと飲む。

「メルローですね」

「そうだね。メルローだね」

やっぱり会話はそれだけで、それ以上はない。

ちょうど二時間で合コンは終わった。美奈は、明日早いから帰ります、と先に告げる。二次会には誘われないだろうし、義理で誘われても居心地が悪い。

驚いたことにお会計は千円だった。女子は千円出して、と言われたときに、合コンってすごい、と思った。これだけ飲んで食べて千円。一月に一度の贅沢《ぜいたく》のつもりだったのに、それよりもはるかに安い。

だから、みんな合コンに張り切って行くのだろうか。食費を浮かせるため？

たぶん、ちがう。単純に合コンが楽しいとか、彼氏を探したいとか、食費以外の目的があるはずだ。

美奈は一度経験して、もういい、と思った。他人の話を黙って聞いているのは苦痛じゃないし、むしろ楽しい。そういう性格だからバーテンダーをやれていたのだ。

おいしいお酒を提供する以外に、お客さんの話を黙って聞いているのもバーテンダーの大事な仕事のひとつ。ただうなずいているだけで、きみはいい子だ！　とチップをもらったりしていた。

合コンはそういうものじゃない。男性側が経済的にいくばくかの負担を負っているのだから、楽しませないと公平じゃない。

同僚二人は、いつもより声が高かったし、よく笑っていたし、たくさん話題も提供していたし、料理を取り分けていた。

ああ、これが料理を取り分ける女子か、と感心したものだ。

美奈は何もしていない。ただ飲んで食べて、みんなの話にあいづちを打って、何かをふられたときに少しだけ話して。

男性陣が出してくれたお金分の仕事はできていない、と思った。

合コンは仕事ではないし、そういうふうに考えるのもまちがっているのはわかっているけど、なんとなく申し訳ない気持ちになる。

合コンはそれなりに楽しかった。

でも、もういい。

ワインの銘柄だけ言葉を交わした男性が、ぼくも帰る、と告げた。彼も彼で積極的に話はしなかったし、美奈の同僚と残りの男性二人はすごく盛り上がっていた。それを見ていて、自分は邪魔だ、と考えたのだろうか。

　二次会の場所を探している四人は、わかった、お疲れ、またね、と言った。自然と二人で駅へ向かうことになる。

　そのときに改めて自己紹介をした。

　もちろん、最初に自己紹介はしていたけれど、覚えようとしなかったせいで頭に入ってこなかったのだ。

　脇坂絢一です。

　石垣美奈です。

　そうやって名前を告げて、二人で笑った。

「覚えてないでしょ？」

「はい、覚えてないです。脇坂さんも覚えてないですよね？」

「うん、覚えてないね。ほかの二人の名前も覚えてない。ぼくね、二回目から覚えようと思って」

「だれかに会ったときにですか？」

「そう」

　絢一が笑顔でうなずく。

「合コンだから、とかじゃなくて？」

「ちがう、ちがう。いつもなんだよね」

「それはどうしてなんでしょう」

　合コンはもとから気のりしなかったし、参加してみても楽しくなかったし、二度と会うこともないだろうから覚えない、というんだったらわかる。

普通の会社員で人の顔と名前を覚えないのは、さすがにちょっと困るんじゃないだろうか。

「はじめて会う人がたくさんいるから」

そのときは絢一がどういう人か知らなかった。

普通の会社員だと思っていた。

なんとなく、むっとした。

仕事に対して誠実じゃない人は好きじゃない。美奈は高校生からずっと働いてきて、必要なものはすべて自分で稼いだお金で買ってきた。

真面目に仕事をするからお給料がもらえる。

それが当たり前で普通のことだと思っている。

水商売は人の名前を覚えることから始まる、と言ってもいい。裏方のときもバーテンダーになってからも、初対面だろうとなんだろうとお客さんの名前はすべて覚えてきた。

会社員がはじめて会う人なんて、一日に何百人もいるわけがない。はじめて会う人がいない日だってある。

それなのに、二回目からってどういうこと？

ワインの件で、いい人かも、と思っていた分、落胆も大きかった。

「気楽なお仕事なんですね」

いやみたっぷりにそう言った。

「名前を覚えなくても怒られないってうらやましいです」

「そうかな？」

絢一が、うーん、と首をかしげる。

「一日に何十人も知らない人と会うのは疲れるよ。笑顔であいさつして、そのあとは向こうの話すことを聞いてなきゃいけないし」

え、ホントに何十人も会うの？

それだと、ちょっと話が変わってくる。

「今日は学生時代の友人と気の置けない会話ができると思っていたら、急に合コンが決まったからおまえも来い、って言われて、どうせ、ぼくの肩書で釣ったんだろうな、ってうんざりしてたら、まったくちがった。それだけはよかった」

「肩書？」

「ちょっとしたお金持ちの御曹司《おんぞうし》をやってます」

絢一が片手をおなかに当てて、片手を上にあげる、おおげさなおじぎをした。こういう仕草が似合うのがすごい。

「一日に何十人も知らない人に会うのは、おもにパーティーで。基本的に二度と会わない人の名前を覚えるには脳の要領が足りないからしないだけ」

「へえ、そうなんですか。名前を覚えないのが仕事相手じゃないならいいです」

「え、そこが気になるの？」

絢一は驚いたように美奈を見る。

「だって、仕事相手にしろ同僚にしろ、覚えなかったら失礼じゃないですか。わたし、真面目に仕事しない人がきらいなんです」

「お金持ちって仕事しなくていいんだよ」

「それは生まれもったもので自分では変えられないですからね。わたしもお金持ちの令嬢だったら、仕事をせずに優雅に暮らしてると思います。働くことを許されないっていう環境もありそうですし。だから、そこはいいんです」

どんな家庭に生まれるのか、それは選べない。親も選べない。

お金持ちで仕事をしなくてもいい人もいれば、親に捨てられて自分一人の力で生きていかなきゃならない人もいる。

それを不公平だと憤《いきどお》っていてもどうしようもない。

お金持ちにはお金持ちなりの悩みや苦しみもあるだろう。それは美奈にはわからない。

「きみ、変わってるね」

絢一はくすりと笑った。

「普通はお金持ちの御曹司と聞いた瞬間に、目をきらきらさせて、どのくらいのお金持ちなんですか？って聞いてくるんだけど」

「そういう人は多いかもしれないですけど、みんながみんな、そうじゃないです。全員おなじなんてつまらないじゃないですか。わたしは一生懸命生きている人が好きです。あなたが一生懸命生きてないという意味ではないですよ。知らないので、あなたのことを」

「じゃあ、知ってみる?」

絢一がいたずらっぽく聞いてくる。

「お金持ちの御曹司がどういうものなのか、知りたくない?」

「興味はありますね」

美奈は正直に答えた。

お金持ちがどんなものなのか、純粋に知りたい。どういう生活をしているのか、覗《のぞ》いてはみたい。

「だったら、今週の日曜にディナーでもどうかな?」

「日曜はいやです。翌日が仕事なので。休みに出かけるとしたら土曜に決めてます」

日曜は家にいたい。家事をしたり、普段はできないことをしたり、作り置きのお惣菜《そうざい》を作ったり、お昼寝をしたり、といろいろ忙しい。

「そうか。じゃあ、土曜にしよう。もうちょっときれいな格好をしてきてくれるかな?」

「無理です」

お金持ちが行くようなお店にはドレスコードがある。そのことに別に嫌悪感とかはない。お店はお客さんを選ぶことができる。お客さんもお店を選ぶことができる。ただ、それだけのこと。

美奈はそんないい洋服は持っていない。洋服を選ぶ基準は清潔で洗濯がしやすく丈夫で安いもの。そこにお金をかける余裕なんてない。

「無理って?」

「ドレスとか持ってないですよ」

「ドレスじゃなくてワンピースとかでいいんだけどね。ショールでも羽織って」

「あのですね、お金がない若い女性は…あまり大きな主語はだめですね、お金がないわたしはショールなんて持ってません。ワンピースもいま着てるのとおなじような生地でシンプルなものですよ。いいお店に着ていけるようなものじゃないです」

「そうか。だったら、届けるよ」

「は？」

この人は何を言ってるんだろう。

「きみの家かきみの会社に当日に着てきてほしい洋服を届ける。家を知られるのがいやなら、そうだな、土曜に早めに待ち合わせをして買い物に行こう。そのまま着てくれればいい」

わー、すごい。お金持ちって本当にお金持ち。思考回路がまったくちがう。

「どうして、そんなことをしてまでわたしをディナーに連れていきたいんですか？　一緒に行く女性はいくらでもいるでしょう？」

たとえば、今日いた同僚に声をかけたら、喜んで食事に行くだろう。いいワンピースもショールも持っていそうだし、たとえ、持ってなかったとしても買うと思う。

お金持ちをつかまえたいよね。

そんなことを言っているのを聞いたことがあるから。

「それはつまらない。ぼくにもお金持ちにもなんの興味もないきみが、そういうお店でどういうふうにふるまうのかを見てみたい。きみがお金持ちに興味があるように、ぼくはきみに興味がある。だから、ぜひディナーを」

とても失礼な言い方だな、と思った。むっともした。

同時に、おもしろそう、とも感じた。

水商売をしていたときに、変なお客さんにはたくさん遭遇してきた。お店が終わったあとで、ママさんや従業員たちと自分の出会った変なお客さんの話をしていたら朝になったこともある。

世の中には本当にたくさんの人がいて、その多様性がとても楽しいと美奈は思っている。

たとえば、全部の洋服を用意するからディナーに行こう、と誘うお金持ちの御曹司とか。

「その日に早めに会って、コーディネートから始めてください。わたし、洋服にも食事にも一銭も払いませんよ？」

おごってもらうのはあんまり好きじゃない。自分のお金で生きていくと決めているから、なるべく割り勘を貫いてきた。会社の飲み会とかで上司が多めに出すとか、そういうのはありがたいし、今日の合コンでも千円以上を払おうとは思わなかった。自分が多少なりともお金を出している分には罪悪感はない。

だけど、完全におごられるなんて人生ではじめて。

これは好奇心だ。自分がそういうときにどうなるのか知りたい。

二度と訪れることはないだろう高級店をじっくり堪能したい。

「きみに払わせようとは思ってないよ」

「わたしの名前はなんでしょう？」

きみって言ってるのは覚えてないからよね？

「石垣美奈。石垣さんがいい？　美奈さんがいい？」

覚えてたんだ。

そのことにちょっと驚いてしまう。

「呼び捨てでいいです。脇坂さんの方が年上でしょうから」

さすがに二十三歳には見えない。

「じゃあ、美奈も呼び捨てにして」

「それは申し訳ないので、さんづけにします。絢一さん」

「まあ、いいけど。じゃあ、土曜の三時にこの駅に迎えにくるよ」

「この駅？」

どうして？

「え、ここが最寄り駅なんじゃないの？」

「ちがいます。合コンのために出てきただけです。これから電車に乗って帰るんですよ」

「じゃあ、家の最寄り駅まで行くよ」

いいです、と断ろうとしたけれど、それもまたいいか、と思い直した。

一日だけのことなんだから、思い切り楽しもう。

「わかりました」

家の最寄り駅を告げて、電話番号の交換をして、そのまま駅前で別れる。

車が迎えに来るから。

絢一はそう言っていたし、本当にすぐに黒塗りの車がやってきた。運転手が降りてきて、後部座席のドアを開けると、絢一はそこに乗り込む。その動作がとても自然で、乗り慣れていることがわかった。

お金持ちなのは本当のようだ。

嘘《うそ》のプロフィールを話す人はよくいる。バーテンダーをしていたときに、よく遭遇した。どうしてそんな嘘を？ と思うほどどうでもいいものから、いやいやそれは、と顔をしかめるぐらいおおげさなものまで、いろいろあった。

逆に、完全に嘘だな、と話半分で聞いていたのに本当だったこともある。

人は嘘をつく。

それを実感できたのも水商売をやっていてよかったことかもしれない。

もちろん、美奈だって嘘をつく。お昼は派遣社員をやっていることをママさん以外には隠していたし、自堕落な生活をしているふうを装っていた。

その方が仲間として認めてもらえたし、お客さんも安心するのかいろいろな話をしてくれる。

必要な嘘だったからいい、とかそういうことじゃなくて、くだらない嘘もたくさんついてきた。

絢一がそうじゃないとはかぎらない。相手を信じさせるために、こういうときに車を用意するような人がいることもわかっている。

だけど、誘われたからにはのってみよう。ひさしぶりに夜の世界の楽しさが戻ってきた気がする。

どの人が嘘をついているのか、それとも、全員が嘘をついているのか。

自然とそう考えながら過ごしていたあの日々を思い出した。

どっちにしても金銭的な被害はない。一銭も出さないのは決めているし、当日はお財布も持っていかない。交通費もかからないんだから、必要がない。

あ、でも、帰りに送ってくれるかどうかわからないのか。だったら、交通系のＩＣカードだけは持っていこう。電車に乗れれば家には帰れる。

美奈はうきうきしていた。

こういうことが起こるのが合コンなのだとしたら、みんなが合コンに参加するのはわからないでもない。

美奈はもう参加はしないけど、記念にはなった。

うん、楽しかった。

「こんにちは」

車の前に立っている絢一はとても洗練されたスーツ姿で、この界隈《かいわい》ではものすごく浮いていた。特急や急行が止まらない、駅の名前を言っても、それは何線？　と聞かれるような小さな駅だ。駅前もファーストフードとコンビニがちらほらあるだけでスーパーすらない。スーパーはもっと駅から離れた住宅街の中にある。

朝晩のラッシュ時すら駅を利用する人が多くなくて、いわゆる過疎駅だ。東京にもそういう駅があることを、ここに暮らすようになってはじめて知った。

おかげで家賃が安いのは助かっている。

「こんにちは」

美奈はいつもどおりラフなワンピース。上にはカーディガンを羽織っている。どっちも安物だけど、美奈の手持ちの中ではいいものを着てきた。

「じゃあ、どうぞ」

後部座席を開けられて、え？　と思ったら、運転席には運転手が座っていた。

「二人きりじゃないんですね」

「お酒を飲むからね。ぼくは運転できないよ。飲酒運転になってしまう」

ああ、そうか。ワインが好きな人だった。いいお店でお酒を飲まないなんて選択肢はないのだ。

「彼は何を聞いても気にしないから、普通に話してくれていいよ」

いや、それはそういう仕事だから気にしてないようにしてるんであって、本当に気にならないわけじゃないだろう。

美奈もバーテンダー時代、その話をもっと聞きたい、と思うことはあったけど、口をつぐんでいた。結末がわからないまま気になっている話はいくらでもある。

「わかりました」

だからといって、車の中でずっと黙っているのも気づまりなので、あたりさわりのない話をしておこう。

美奈は車の中に入った。席に座ると、さすが高級車、座り心地がいい。車に特に興味はないものの、高級車の種類ぐらいは知っている。

浅く広く。

水商売をやるなら必要な知識はそれ。

どんな話にも合わせられる人が求められている。

何も知らない子に自分の知っていることを教えたい、というお客さんもたしかにいるけれど、最終的に教養がないと、つまらないな、と思われておしまい。特に高級店で接客業をしようとすると、いろいろなことを知っていないと飽きられる。同等の知識を持った子と話す方が楽しいことを、そういうお店に来る人たちは知っているのだ。

知識は力よ。とにかく吸収しなさい。

ママさんはよくそう言っていた。

なので、週末のお昼はとにかく図書館に行った。タダでいろいろな本を読ませてくれる。映画も貸してくれる。音楽も聞かせてくれる。

こんなにすばらしい場所があるんだろうか。

正社員になって、そこの仕事を辞めざるをえなくなってからも、週末の図書館通いはつづけている。

「あれから考えたんだ。洋服をプレゼントするよりは、きみの服装でも行けるところにすればいい、って。その方が美奈も楽だろう?」

「たしかに楽です。洋服を買ってもらうのは、実はそんなに気が進まなくて」

「どうして? 普通の子は洋服を買ってあげると喜ぶんだけど」

「人に借りを作りたくないんです。特に、よく知らない人には。なので、いま、ものすごくほっとしています」

よかった。洋服はレンタルとかにできないだろうか、と考えていたところだった。買ってもらわないなら、それが一番いい。

「正直でいいね」

絢一がくすりと笑う。

「きみは本当におもしろい。合コンのときから思ってた」

「え、わたし、何かおもしろいことしました?」

ただ話を聞いていただけなんだけど。

「話をちゃんと聞いてた」

「聞きますよ。そういう場ですから」

「普通は興味ないと聞き流すんだよね。ぼくなんて、ほとんど聞いてないよ。適当にあいづちを打ってただけ」

「でも、会話って耳に入ってきません?」

左右に友達がいて、前にも三人いる。あの状態で聞き流すのって、結構むずかしい。

「それは幼いころから訓練してるから。わけのわからない会食やパーティーで、大人の話を聞き流す術《すべ》を覚えてきたんだよ」

なるほど。お金持ちの生活が未知すぎて、とても興味深い。美奈はパーティーに行ったことがないのに、絢一は子供のころからパーティーにたくさん参加しているとか、世界がちがいすぎる。

「そういうときってどうしてるんですか?」

「空想の世界で遊んでる」

「なるほど。それはいいですね」

美奈も幼いころはよくやっていた。ティンカーベルにネバーランドに連れていってもらってピーターパンと一緒にフック船長をやっつけてみたり、人魚姫に、あなたはあの男に裏切られるんだから絶対に薬を飲まないように、いまの幸せを大切にしなさい、と説教してみたり。そういった絵本のシリーズが美奈の家にはそろっていた。小さいころ、親が買ってくれたものはそれぐらいしかない。

その絵本をとても大事にしていた。子供のころの宝物だった。

のちに父親が訪問販売をやっていた愛人（複数いたうちの一人）の女性から頼まれて買ったものだとバレて、その絵本たちは激怒した母親の手でびりびりに破られてしまうのだけれど、それまでに何度も何度も読んでいたので、いまでもほとんど覚えている。

いつか、あの絵本シリーズをそろえたいな、というのが美奈の夢。

いまはまだ手が出ない。絵本は美奈が想定していたよりも値段が高かった。何十冊もそろえるとなると大出費だ。値段を知ると、お金がないのにそんなものを買って、という母親の怒りもわからなくはない。それも、愛人のためだなんて。

でも、絵本には罪はない。

絵本を読むと別の世界に逃避できた。

親が怒鳴りあったり、殴りあったり、近所から苦情を言われたりしていても、美奈の耳にはいつしか届かないようになっていた。

あ、そうか。絢一がやっていたのもそれか。

訓練すれば、いやなものは耳に入らないようになる。

聞きたくないものの中身がまったくちがって、それはお金持ちの家に生まれた絢一とあまり幸せでない家庭に生まれた美奈のちがいでもある。

うん、興味深い。

「だから、こないだみたいな場でも聞いてるふりをしながら頭ではまったく別のことを考えてるんだ。二時間ぐらいなら、我慢できるかな。それ以上になると、ちょっとつらい」

「ワインの話には反応してましたよね？」

「おもしろそうなことは耳に入ってくる。それも訓練のたまもの」

絢一はいたずらっぽく笑った。

「だけど、美奈はそのとき、ワインの話を深くしよう、って感じでもなかったし、品種を確認しあっただけだよね」

「ああいう場でワインの話をするのって、あんまり歓迎されなくないですか？　というか、ワインの話そのものが、こいつ、なに？　みたいな感じになりません？」

ワインを知っている人はすごい。

いつからか、そんな風潮になってしまっている。

ワインなんてヨーロッパでは水代わりに飲むもので、そういうのはお手軽で安い。

シャトーが、とか、ここのブドウは、とか、シャンパーニュ地方で作られたものじゃないとシャンパンと呼ばない、ほかはすべてスパークリングワインだ、だの、うるさーい！　と思っている。

美奈が勤めていたのは高級店なので、すべてのワインの値段が六桁、もしくは七桁だった。もちろん、原価じゃない。その価格にはとんでもない利益が乗せられている。普通に買ったら半分以下。それでも、雰囲気のいいお店できれいな女性に接待されながら、値段なんか気にせずにワインを飲むことをステイタスとする男性陣が毎日のように高級ワインを頼んでくれて、美奈もそのおこぼれに預かっていた。

おかげで、ワインに対する舌は肥えた。高級なものがすべて好みにあうわけじゃないし、千円もしない安いワインにもおいしいものはたくさんある。こないだの合コンのときみたいに、飲み放題に出してもいいぐらいの値段なのにおいしいものも増えている。

手軽にワインを。

それは、とてもいいことだと思っている。

ワインはむずかしいんでしょ？　え、品種とか知ってるの？　すごいのね。

そう言ったあとの、ちょっとした軽蔑っぽいまなざしに何度かさらされて、美奈はワインについて語るのはやめた。

正直、ワインの品種を当てるよりも、日本酒のお米とか生産地とかを当てる方がはるかにむずかしい。ブドウの品種で味にはっきり差が出るワインよりも、水や米の磨き方、杜氏《とうじ》の腕、その他、いろいろな環境に左右されやすい日本酒はどこの県のものなのか当てるのすら大変だ。おなじ県で近くで作っているのに、こっちは甘め、こっちは辛口、とかあったりする。

お酒の勉強をしているお客さんで、ワインのソムリエの資格は持っているけれど、日本酒検定は落ちまくってあきらめた、と言っている人もいた。

そのぐらい大変なのだ。

なのに、日本酒は気軽に飲めて、ワインは気軽に飲めない。

絶対におかしい。

そんなことをつらつらとしゃべってしまって、はっと我に返った。

何を真面目にしゃべってるんだろう。

「すごいね」

絢一がぽつんとつぶやく。

その目の奥にちょっとした軽蔑や軽視がないか、美奈はじっと絢一の目をのぞき込んだ。だけど、本当にすごいと思っているのか、特になんの感情も浮かんでいない。

「お酒がとても好きだってことは伝わってきた。人の熱意って、ちゃんと伝わるよね」

「伝わりますね」

好きなことを話しているときは、だれでも本当に楽しそうに見える。バーテンダーとしてたくさんの人の会話に耳を傾けてきたから、そういうのはちゃんとわかる。

「美奈は若いのに、そこまでお酒に詳しいのはすごいよ」

「いまの会社で正社員になる前は派遣だったので、お給料が安くてバーテンダーのバイトをしてたんです。仕事柄、いろんなお酒の知識を入れないといけなくて。もちろん、お酒が好きだからできたんですけどね」

あれ？　どうして、わたし、こんなことまで言ってるんだろう。

まあ、いいか。どうせ、今日かぎりの相手だ。

「そうなんだ。シェーカー振れる？」

バーテンダーの仕事をしてたことにつっこむわけでもなくて、普通に受け入れた様子の絢一に、美奈はちょっと感心してしまった。

どうしてバーテンダーなんか、とか、水商売やってたのか、とか、そういった反応がきてもしょうがないと思っていた。

でも、ちがった。

なんだろう。かなり嬉しい。

過去の美奈を肯定されているみたいで。

ただ単に絢一が美奈に興味がないのかもしれないけれど、それはまたそれでいい。

「振れますよ。カクテル作るのうまかったんです。オリジナルカクテルも作ってました。メニューに載せるとか、そういう感じではなくて、何かおもしろいの作ってよ、って言われて、味を想像しながら作るんです。楽しかったですね」

「楽しそうに話すね。バーテンダーが天職だと思わなかった?」

「バーテンダーは好きですすし、もしかしたら天職かもしれないですけど、それで生活していこう、っていうのはないですね。有給休暇とかないですし、体こわしたらおしまいです。バーテンダーって過酷なんですよ。絢一さんみたいにお金持ちで、仕事をする必要がなければ、趣味でバーテンダーをやりたいですね」

お酒を作って、それを出して、おいしい、って言ってもらったり、とりとめもなく人の話を聞くのが好きだったから、もう一度やってみたい職業ではある。

「あ、ぼくね、働いてないわけじゃないんだよ」

「え?」

こないだ、仕事してない、みたいな感じのことを言ってなかったたっけ？

「一応、五社の会長になってる。会長だよ、会長。こんな若造に会長やらせてるんだからすごいよね」

「会長って何をする人ですか？」

社長よりもえらい人というのはわかるけど、具体的な仕事はよくわからない。

「ちゃんと見張ってますよ、っていうのが仕事。ぼくは、だけどね。会社によって役目はちがうから、ほかのところは知らない」

「見張り？」

「そう。それぞれの会社の社長が責任を持って経営はしていて、ぼくは口出ししたりしないんだけど、何かやってたらすぐわかるよ？　って圧力かけるために週に一回は顔を出してる。だから、五社」

なるほど。月曜から金曜まで一社ずつってことか。

「その社長さんって、脇坂一族の人なんですか？」

「脇坂一族！」

絢一は楽しそうに声をたてて笑った。

「お金持ちって一族な感じがします」

「たしかにね」

まだ笑いながら、うんうん、とうなずいている。

やさしい人だな、と思った。

美奈がおかしなことを言っても、バカにしたりはしない。

「社長は脇坂一族じゃないよ。うちはお金を出してるだけ。会社経営って、やっぱり、すごい大変だから。あれもセンスだよね。うちは、今後伸びそうな会社を見つけて投資してお金を増やす。向こうからすれば、資金調達に頭を悩ますことなく好きなことができる。成果をあげている間はとてもいい関係が築けるんだ」

「それはいいですね」

理想的なお金の使い方だと思う。

「成果をあげている間は、ね」

絢一は意味ありげに、その言葉を繰り返した。

「成果をあげなければ?」

「もちろん、資金提供をやめる。慈善事業じゃないし」

「もうちょっと待ってみよう、とか、しばらくしたらどうにかなるんじゃないか、とか、そういったことは考えたりはしないんですか?」

「そういうことをすべて考慮に入れて判断するよ。いまはまだ結果が出てないけど何年か後には大化けしそうな研究とかはたくさんあるから、短期的な視野ではやってない。ただ、どう考えても失敗しそうでしかなくて、うちがとんでもない損害を被ることが目に見えていたら、被害が少ないうちに切るよね。それはリスクマネジメント」

「すごくわかりやすいです」

そう言ってからすぐに、すっごくバカなことを言った! と恥ずかしくなった。

わかるように説明してくれてるんだから当たり前だ。

「よかった。冷血人間みたいに誤解されるのは本意じゃないからね。かといって、ものすごく情に厚いってわけでもないよ。会長になったからには、職務も責務も果たさないとね。会長報酬ももらってるんだし」

やっぱりやさしい。バカにしない。

本当に、わかってくれてよかった、って思っている。

人の感情って、結構素直に出てくるものだ。美奈は人を相手にする仕事をしていたので、そういうのを読むのが得意になった。

これはお金持ち特有の余裕からきているのか、絢一が本当にやさしいのか、どっちなんだろう。

「それを判断するのは絢一さんですか？」

「さすがに、それを一人で判断するのは無理だよ。怪しい兆候を見つけたら、うちの分析チームに報告する。あとは分析チームの仕事。お金持ちのアホ御曹司が会長でラッキーと思ってた社長が不正を指摘されて真っ青になるのは、毎回、申し訳ない気持ちになるね」

「え、ざまあみろ、じゃなくてですか？」

これまでバカにされていたのに、申し訳ないとかやさしすぎない？

「その社長に関してはそういう気持ちがなくもないけど、社員は職がなくなるわけだから。うちは自分で会社経営をしてないし、何かしらの形で雇ってあげるわけにもいかない。新しい道を見つけられるといいね、って願うだけ。いろいろ調べてうちが投資するって決めたぐらいだから、もともとはいい会社なんだよ。どこで道を踏み外すんだろうね」

「どこでなんでしょうね」

愛し合っていた夫婦が子供を捨てるほど憎み合うのは、どこで道を踏み外したからなんだろう。

それがわかればいいのに。

ここで二人の気持ちはすれちがいました。

その説明があれば…ううん、納得はできない。

両親に捨てられた。

その傷は一生消えないだろう。

「あ、着いたよ」

絢一が窓の外を指さす。

瀟洒《しょうしゃ》な一軒家。いわゆる隠れ家レストランみたいな感じだろうか。

…この格好で平気？　すごい安物だって見抜かれない？

別に見抜かれてもいいんだけど、絢一が恥をかかないだろうか。

まあ、いいか。

美奈は気持ちを切り替える。

このお店には二度と来ないし、絢一にも二度と会わない。

だったら、どんな格好でもいい。お行儀だけはよくして、お店の人に迷惑をかけないようにしよう。

お店に入って知ったけど、貸切だった。

美奈の洋服でも入れる、とか、そういう問題じゃない。お店を貸し切って、その分のお金を出してくれるお客様は神様だ。

美奈の勤めていたお店も、貸切が入るとみんなでシャンパンを開けて前祝いをしていた。

美奈がいたような高級店でもその日にお客さんが来るかどうかは本当にわからなくて、だから、水商売と呼ばれている。水ものだからだ。

接客の人たちが誘って、行くよ、という返事をもらっていても、どうしても無理だった、ということもある。お客さんが入ってお金を落としてくれないと、経営は成り立たない。自分が経営者だったら、毎日、胃が痛いと思う。

このレストランだって、普段の客単価より高いお金を払ってくれる貸切が入ったら、ものすごく助かる。

そのせいか、それとも、もとからそうなのか、接客はものすごく丁寧だった。料理はフレンチのフルコースでワインのペアリング。ワインもとんでもなく高級なものがつぎからつぎへと出てくる。

フランス料理はおいしかったし、ワインはもっとおいしかった。

その日、絢一と何を話したのかはよく覚えていない。

でも、楽しかった。

だから、その日かぎりじゃなかったのだ。

つぎの約束をした。

そのつぎも。

そのつぎも。

いつの間にか、絢一に会える日を待ち望むようになっていた。

気づいたら、恋に落ちていた。

「どうして…?」

そんな相手だった。なのに、いま、美奈の声は震えている。

「会いたくて」

ちがう、そうじゃない。

どうして、ここを知っているのか。

それが知りたい。

だけど、これ以上は話せない。

これから、仕事がある。感情を乱されたくない。

「帰って!」

美奈は慌てて鍵を拾って、急いでドアを開けた。中に入り込んで、内側から鍵をかける。

絢一はこういうときに無理強いをするような人じゃない。

そういうこともわかっている。

「美奈、話がしたいんだ」

ドア越しなのに、絢一の声はよく響いた。

その声がなつかしくて、涙が出そうになる。

「わたしはしたくない。帰って。帰ってよ!」

勝手に涙があふれてきた。

それがなんの涙なのかわからない。

「わかった」

絢一が静かに告げた。

「ごめん。突然きて。びっくりしたよね。悪かった。それじゃあ」

足音が遠ざかっていく。

美奈はその場にしゃがみ込んだ。涙がつぎからつぎへとあふれてくる。

もう二度と会いたくなかったのに。

一瞬だけ見た絢一は、やっぱりかっこよくて。とても好きな顔をしていて。

感情がぐちゃぐちゃになる。

「お店があってよかった…」

美奈はどうにか足に力を入れて立ち上がった。

何も考えない。

絢一なんて来ていない。

そんな人、知らない。

第二章

「ねえ、絢一」

いつの間にか、呼び方が、絢一さん、から、絢一、に変わった。敬語も使わなくなった。

毎週土曜日、お昼ごはんか夕食をともにする。

それが当たり前になってきていた。

だいたいが午後三時ぐらいの遅めのランチで、たまに夕食。どうしてもランチタイムに行きたいところがあれば十二時ぐらいに待ち合わせる。

駅前での待ち合わせは、いまも変わらない。

家を教えてくれれば迎えに行くのに。

絢一はそう言ってくれるけれど、なんとなく、それはいやだ。どうしていやなのかは、よくわからない。

いやなことと言えば、もうひとつ。

全額おごられるのはいやだから、美奈はかならず千円出す。

それも決まりになっていた。

千円だと絶対に足りないことはわかっているけれど、それ以上は絢一が受け取ってくれない。美奈も千円を超えると毎週はきつい。これまでの貯金や毎月のお給料があって、けっして金銭的に困ってはいないのに、どうしてもムダなお金を使うことをためらってしまう。

毎週千円で、月に四千円から五千円。そのぐらいなら出せる。それとは別に、月に一度の会社でのおつきあいもつづけていた。給料日近くに誘われたら飲みにいくのも変わらない。

交際費としては増えているけれど、土曜日の一日分の食費が千円ですむと思えば安いような気がする。

お店では二人ともたくさん食べるし、たくさん飲む。

遅めのランチなのはお店がランチとディナーの間で閉まっている時間帯を、絢一が貸切ってくれるからだ。

お店としては休みたいのに迷惑なんじゃないのかな、と思うけれど、どこのお店でも大歓迎される。たくさん出してくれて、接客もとてもいい。

それもそうか、と当たり前のことに気づいた。経営者としては、いつもならないはずの売上が入ってくるわけだし、貸切だからかなりの値段だ。

そんなの大歓迎に決まっている。

美奈はとてもほっとして、かなり気楽にいられるようになった。

だいたい三時間ぐらい、お店で過ごす。

そのあとはカフェでお茶を飲んで、八時ぐらいに解散。

ランチだともっと早くに解散になるし、ディナーの場合は夜の十時ぐらい。

どうして毎週会っているのか、美奈自身も疑問に思うけど、答えは単純。

誘われるからだ。

絢一は別れ際、来週はどう？　と聞く。

美奈は少し考えるふりをして、いいわよ、と答える。なんの予定もないし、それは絢一も知っているけれど、すぐにうなずくのはなんだか…うーん、どう言えばいいんだろう、悔しい？　のかな？

どうも最近は、自分の気持ちがよくわからない。

今日は中華のお店だ。さっきから、点心がつぎつぎに運ばれてくる。どれもおいしくて、いくらでも食べられる。

お酒はビールからの紹興酒。中華料理には中国のお酒がいい。古酒の三十年ものを出してもらったら、あんまりにもさわやかで飲みやすくてびっくりした。古酒は、どろり、と濃くなる印象があったけど、紹興酒はちがうらしい。十年もの、二十年もの、三十年もの、と飲んでみたら、年数がたつほど飲みやすくなる。

さすがにバイトしていたお店では紹興酒は取り扱っていなかった。絢一とごはんを食べるようになってから知った味だ。

とてもおいしい。

美奈はそんなに量は飲めないけれど、絢一がかなり飲んでくれるからボトルで頼めるのも嬉しい。お酒はいったん開けると、どんどんおいしくなっていく。それは、どんなにいい栓をしても変わらない。グラスワインは、ボトルを開けたてじゃないかぎり、どこのお店で飲んでも味は落ちる。

それはビールもおんなじで、お店ではだいたいどこも樽《たる》で生ビールを頼んでいる。その樽が変わったばかりのときに出すと、今日のビールはおいしいね、とかならず言われた。そのぐらい、味に差が出る。開けたら、なるべく早く飲む。

それがお酒の常識だ。

なので、ボトルで頼むとそのお酒の本来のおいしさが味わえていい。飲みきれない分は絢一にまかせればいいし。

「なんだい？」

「え、何が？」

「いま、呼んだよね」

「あ、そうだった」

呼んだときに点心がきたのだ。

あったかいうちにあったかいものを。

それは絢一との共通認識で、食事がきたのにそれをほっといてしゃべりつづける、なんて失礼なことはしない。

ほかにお客さんがいるならまだしも、絢一と二人きりなのだ。作っている人も、おいしいのかどうか、気にしているだろう。

幸い、美奈も絢一も好ききらいがない。何を出されても、おいしく食べられる。

今日の点心は最高だ。特に、つるりとした皮みたいなものに包まれたエビのすり身が本当においしかった。おなかに余力があればおかわりしたいぐらい。

「あのね、絢一ってつきあっている人はいないの？」

毎週土曜日を特定のだれかと過ごすとか、彼女がいたらいやなんじゃないだろうか。新しく知り合った人に興味があって、一時期、その人とばかり遊ぶというのはよくある。美奈自身も友達とそういう濃い時期を過ごして、だんだん適切な距離になっていった。

絢一のいまがそれなのだ。

美奈の何かがおもしろいらしくて、絢一は、美奈は本当に楽しいね、とよく言ってくれる。

正直、嬉しい。

楽しい人だね、と言われた経験がない。バーテンダーをやっていたときも、会社でも、おとなしい人だと思われていた。

絢一はぽかんとしてから、くすりと笑う。

「本当にきみはおもしろいね」

ほらね、また言ってくれた。

「それは答えたくないということ?」

別に絢一の女性関係を知りたいわけではない。絢一に相手がいたとしても、おたがいに自由に異性と過ごしていいのなら、美奈が気にすることでもない。

上流階級の結婚はほとんどが決められたもので家柄や格式で相手を選ぶ、と絢一から聞いていた。

美奈の住んでいる世界とちがう話を聞くのはとても楽しい。絢一みたいに資産も地位もある人にははじめて出会ったから、普段の生活すらあまりにも非日常すぎて、いつも興味深く聞いている。

そんな中でも、望んだ結婚じゃないから、だいたいどこの夫婦も後継ぎが産まれたらあとは別の人と遊ぶ、というのに驚いた。

離婚はよっぽどのことがないかぎりできないし、体面のことを考えると普通はしない。駆け落ちというのかな？　逃げる人はいるけどね。結局、お金のない生活というものに耐えられなくなって戻ってくる。戻ってきたら針のむしろで、パーティーとかそういった表舞台には出てこられなくなるけれど、それでもお金の心配のない人生の方がいいんだろう。お金より愛って幻想なんだと、そういうのを聞くたびに思うよ」

絢一の話に、それはそうだろう、と美奈も同意した。

両親の不和の原因のひとつは金銭的な余裕のなさだった。もちろん、それだけじゃない。結婚してみたらいやなところが見えた、とか、性格的にあわなかった、とか、そういう普通の理由もあって、それでも、お金があれば我慢できていたものが我慢できなくなった、ということなんだろう。

この甲斐性《かいしょう》なし！　と母親が何度も怒鳴っていたことを覚えている。

その俺より稼ぎが少ないくせに大口たたくんじゃねえよ！　と父親が怒鳴り返したことも覚えている。

忘れたいのに、いまでも覚えている。

だから、甲斐性なし、という言葉の意味を知ったのは、かなり幼いころだ。

美奈がお金を大事にするのも、貯金を減らしたくないのも、この経験があるから。

お金がないと家庭が壊れる。

それを身を持って知っている。

その上、借金やローンなんて入ってきたら最悪だ。

返済をしなきゃ。

それが最優先になる。

離婚する前、父親にも母親にもいくらかの借金があったとあとで知った。働いてさえいればカードローンは簡単に借りれるし、最初は少額だから返せる気でいる。なのに、いつの間にか莫大《ばくだい》な金額にふくれあがっていく。

父親の借金は祖母が払った。母親がどうしたのかは知らない。

祖母は、美奈が高校生になったときにそのことを教えてくれたのだ。

お金は怖いよ。絶対に借金だけはしないと約束しておくれ。どうしても困ったら、おばあちゃんがどうにかするから、よそさまからは借りないでほしい。

美奈は、わかった、と答えた。

だから、美奈は絶対にローンでものを買わないし、カードもなるべく使わない。いまの時代、まったくカードを持たないまま、というのも無理で、光熱費などはカードで払うと割引もあったりするし、なんといってもポイントがたまる。

とはいえ、必要最低限のもの以外は現金主義だ。カードの明細はきちんと確認する。自分が使ってないものはびた一文払いたくない。

「美奈って、ときどきここにいなくなるよね」

絢一に笑いながらそう言われて、はっと我に返った。

「あ、ごめんなさい。考えごとをしてた。なんの話だっけ？」

「ぼくに彼女がいるかどうか」

「ああ、もういいの、別に。ただの世間話だから」

絢一ぐらいあらゆる面で余裕がある人生を送っていると、つきあっている人は一人どころじゃなさそうな気がしてきた。

結婚は一人と、おつきあいは何人もと。

周りはそういう人が多い、と以前に聞いたのが影響しているのかもしれない。

「おや、残念。答えるつもりだったのに」

「じゃあ、聞くわ」

「その前に、どうして知りたいのかな？」

「だって、毎週土曜にわたしと会っているでしょ？　おつきあいしている人がいたら不安だったり不満だったりしないのかな、と思って。でも、わたしとは生きている世界がちがうから、そういうものでもないのかも、と思い直したの。だから、答えなくてもいいわよ」

店員さんが、コトン、とテーブルに置いたのは、美奈がものすごく楽しみにしていた小籠包《しょうろんぽう》。レンゲにまずはタレとショウガの千切りを入れて、小籠包を置いて、箸で割って、あつあつの肉汁があふれてくるのをすすって、最後に皮と具のおいしさを味わう。

いつかの会社の飲み会が点心の食べ放題のお店で、はじめて小籠包を食べた。そのときはあまりのおいしさに何度かおかわりした。食べ放題って、そういうところがすごくいい。会社の飲み会だと多人数だから、いくらでも頼めるし。

はー、肉汁がおいしい。おいしすぎる。

「おつきあいはしていないけれど、おたがいに割り切った関係の女性なら何人かいるね」

美奈は、ちょっと待って、と手で制して、小籠包を食べ終えた。

すごくおいしかった！　これもおなかに余裕があったらおかわりしよう。

そういえば、ここはお茶もおいしい。小さな器にお茶の葉が入れてあって、何回でもお湯をおかわりできる。それでも薄くならずに、ずっとおいしい。別のお茶がよければ、また注文すればいいらしい。

高級なところって、本当にすごい。

いつか、絢一が美奈に飽きて、こうやってごはんを連れて行ってもらえなくなったら自分では来られなくなってしまう。だって、どう考えても美奈の給料で出せる金額じゃない。

それは寂しいな、と思うけれど、この贅沢《ぜいたく》に慣れてはいけない、とも思う。

ここはわたしの世界じゃない。

「その人たちは結婚したいって言わないの？」

「結婚している人としか遊ばないことにしているんだ。独身だとそうやって期待をさせてしまうからね。申し訳ないだろう？」

なるほどね。

あんまりにも生きている世界がちがいすぎて、そういうのだめなんじゃないの、とも思わない。

絢一はいままでそうやって過ごしてきて、特に問題も起きていないのだから。

「独身でも、結婚しなくていいです、みたいな人は？」

「そうは言ってても、結局は、もしかしたら結婚してくれるんじゃ、みたいになるから。そういうのもめんどくさくて。ぼく、ひどいね」

絢一がくすりと笑った。

「そうね。ひどい人だと思うけど、相手が納得してるならいいんじゃないの？」

「美奈は？」

「何が？」

「それでいい？」

「どういうこと？」

意味がわからない。

「結婚はしないけど肉体関係は持ちたいって言われたら？」

「丁重にお断りさせていただきます」

まだ恋に夢を抱いているのに、どうして、そんなわけのわからない状態を受け入れなきゃならないんだろう。

「あ、そうなんだ。美奈って、割り切ってつきあいそうなイメージがしてた」

「それは、なぜ？」

あ、炒《いた》め物がきた。青菜の炒めたやつだ。ニンニクの香りがする。おいしそう。

点心は終わりなのかな？

「あんまり人に執着しないから」

執着しない？

「っていうか、すごい殻《から》がある。だれにでも愛想はいいけど、わたしの中には絶対に踏み込ませない、みたいな」

それは当たってる。

美奈は温かいうちに、と炒め物をお皿に取った。ぱくり、と食べると、しゃきしゃきした食感とシンプルなのにとても繊細な味つけに感動する。炒め物ってこんなにおいしいんだ。

絢一も炒め物を取って、二人で黙々と食べていく。食事を優先するところは、絢一の美点のひとつだと思う。

「たしかに、わたしはそういう性格だけど、それでわりきってつきあうのって変じゃない？」

「んー、だって、踏み込ませない人って恋愛できないでしょ？　相手を信用してないんだから」

「あ…」

ぐさり、と何かが心臓に突き刺さった。

美奈は、環境が落ち着いたら恋をしたい、と思っていた。そして、そろそろ落ち着いてきているという自覚もある。

それなのに、恋をしたい、恋をしよう、みたいな気持ちが全然わき起こらない。

どうしてなんだろう、とちょっと考えたりもしていた。

合コンに誘ってもらったときも、嬉しいな、ここで彼氏を探そう、とかじゃなくて、純粋にどういうものなのか知りたいという興味だったし、行ってみて、もういいや、となった。

男の人がきらい、とか、そういうことではない。

まだ早いのかもしれない。準備ができていないのかもしれない。

きっと、そのうち自然に恋をする日がくる。

そうやって自分に言い訳をしていたけれど、ちがう。

絢一の言うとおり、美奈は他人を信用していないのだ。

親に捨てられた。

それは、美奈の心をとても深く傷つけたのだとわかってはいる。

でも、祖母に愛情たっぷりに育ててもらえた。その傷は癒《いや》された。わたしは大丈夫。

そう過信していた。

そんなわけがない。

自分をこの世に送り出した人に捨てられたのだから、だれもわたしなんていらないと思っている、という考えがまだどこかにはあるのだ。

「ちょ…」

絢一が慌てて、美奈にハンカチを差し出した。男性なのにハンカチを持っているところが、絢一の育ちのいいところだなあ、と思う。

でも、どうしてハンカチ？

「ごめん、泣かすつもりはなかったんだ」

え、わたし、泣いているの？

美奈は自分の頬《ほお》を触ってみた。たしかに、そこは濡《ぬ》れている。

「これは言い訳なんだけれど、美奈と親しくなっていた気がして、軽い気持ちで言ってしまった。だれだって触れられたくないところはあるのに。あと、少しいらついていた」

「いらつく？」

何に？

とりあえず、美奈はハンカチを受け取った。涙をぬぐって、ハンカチを膝に置く。どうして泣いたのかがよくわからないから、また泣くかもしれない。

そもそも、店員さんがじっとこっちの動向をうかがっている（いつ、つぎの料理を出せばいいのかを考えてくれているのはわかっている）のに、泣いたことが恥ずかしい。

「おつきあいしている人がいるの？　とか聞くから」

「それは、ただの世間話。でも、うん、わたしも絢一と仲良くなってるつもりで、踏み込んじゃいけないところに踏み込んじゃったね。そういうことを聞くの、友達としてルール違反だった。恋愛はとてもプライベートだから、相手から話さないかぎり、こっちから聞いちゃだめだってことを忘れてた」

美奈にはこっちに友達と呼べるほど親しい人はいない。同僚はみんな、知り合いの範疇《はんちゅう》だと思っている。小学校、中学校、高校とそれぞれ友達はいたけれど、東京に出てきてから連絡は取っていない。

つまり、友達がいない。

え、わたし、寂しくない？

「そういう意味じゃない」

「じゃあ、どういう意味？　これからもまちがうかもしれないから、ちゃんと教えてほしい。今後もわたしと友達といてくれるなら、だけど」

あ、絢一は友達だと思う。だって、毎週会っているし、いろいろ話している。

「友達のつもりはないよ」

ぐさり、とまた心臓を射抜かれた。今日はひどい目にあってばかりだ。涙がこぼれそうになるのを、どうにかこらえる。

そうか、やっぱり友達じゃないんだ。わたしが勝手にかんちがいしてただけなんだ。

だったら、しょうがない。来週から食事の約束は断ろう。

「ぼくは、美奈とおつきあいをしたいと思ってる」

「…へ？」

美奈は目を見開いた。

あまりにも意外な言葉に、美奈は固まる。

おつきあいって何？

「なんの興味もない相手を土曜日ごとに誘わないよ。美奈もそういうつもりでいてくれるんだと思ってた。なのに、おつきあいしている人がいる？　とか聞いてくるし、あ、もしかして探りを入れられたのかな、と気をよくしてたら、どうでもよかった、とか言うし。美奈はぼくに対して、そういう気持ちはないの？」

「ない…かな…」

どうだろう。

美奈はハンカチを見て、それを手に取った。

真っ白できれいなハンカチ。絢一みたいだ、となぜか思う。

これまでの人生において、絢一が真っ白じゃなかったことは知っている。そんなの、美奈だっておんなじだ。ある程度生きてきて、真っ白な人生を送っている人なんていないと思っている。それでも、絢一の中身はどこか少年のような純粋さや無邪気さがあるように感じられるのだ。

「本当に？」

絢一がじっと見つめてきた。

どくん、と心臓が跳ねる。

「じゃあ、どうして、毎週ぼくと会ってるの？」

「楽しいから」

するっと言葉が出てきた。

「楽しいだけ？」

「だれかと会うのには十分な理由よ」

そう、楽しいから絢一と会っていた。

「ぼくがごはんをおごってあげるからじゃなくて？」

「それもあるかもしれない」

美奈は正直に答える。

絢一のおごりじゃなくて、割り勘だったらさすがに無理だった。千円払っているとはいえ、おごってもらっているのとおなじなことぐらい、美奈だって理解している。

「あ、やっぱり、それはない。わたし、おごられるのきらいなの」

たとえば、あんまり好きじゃない人に、おごるからごはんに行こう、と誘われたら、絶対に断る。最初の一回は、割り勘で、と受けるかもしれないけれど、つぎはない。

毎週会うのには、それなりの理由がある。

「きらい？」

「だれかに借りを作るのがきらい。自分の力だけで生きていきたい」

それは無理だとしても、なるべく頼りたくない。

いつか捨てられる。

その恐怖を、美奈はいまも抱いているのだろう。

親に捨てられるのって、それぐらいの意味がある。

「ぼくには借りを作ってもいいの？」

「よくないけど、絢一に会いたいから」

そう、会いたい。

なぜ？

美奈はその気持ちから目をそらしたい。答えを導きたくない。

だって。

「会いたいと思ってくれたんだ？」

「うん、会いたいから会ってた」

そこは嘘をつきたくない。

「じゃあ、ぼくとつきあわない？」

「絢一は…、わたしのことが好きなの？」

そう問いかけると、絢一がポカンとしてからふきだした。

「好きでもない女性と毎週一緒に過ごすほど、ぼくは暇じゃないんだよ。一応ね、職があるから。自分が会長をやっている会社の資料も毎日読まなきゃならないし、楽そうな仕事に見えて、全然楽じゃない。いいですね、会社に来るだけでお給料をもらえて、みたいないやみを言われることもあるけれど、そんなわけないだろう。ぼくはお飾りの会長じゃない。きちんと会長をしているんだ。そんな平日が終わって、心底疲れ切っているときに好きでもない女性に会いたいとは思わない」

あ、そうか。

美奈は、すとん、と腑《ふ》に落ちた。

美奈も平日、楽しいことはそれなりにありつつ、結構いやな目にもあいつつ、仕事をがんばっている。残業がまったくできなかった派遣時代とはちがい、正社員になるとそこそこ残業もしなければならない。九時出勤、六時退勤だけれど、六時に帰れることなんてない。早いときは六時半、遅いと九時ぐらい。

それでも長くいる人には、残業が少なくていいね、みたいな反応をされる。

就業時間は八時間と決まっているのに、残業しないとおかしな顔をされるのは納得いかないけれど、それで給料がちょっとは増えるし、まあ、いいか、と思っていた。

とはいえ、それだけ長い間、会社にいて働いていたら、金曜の夜にはくたくたになっている。土曜はゆっくりしたいし、日曜なんてもっとゆっくりしたい。でも、家事もしなきゃいけないし、週末にしかできないこともいろいろやりたい。図書館通いもつづけている。

そう、週末は全部、自分のために使いたいのだ、本当は。

それなのに土曜日は絢一に会う約束をして、これまで二日でやっていたことを日曜日だけでどうにかこなしている。

まったくゆっくりできていない。

それでも、絢一に会いたかった。

会って、おいしいごはんを食べて、おしゃべりして。

そんなことが楽しかった。

なぜ？

そんなの、答えは簡単。

絢一のことが好きだから。

友達としてだと思っていた。たぶん、最初はそうだった。

でも、いまはちがう。

おつきあいをしている人がいるのか、なんて、普段なら気にならないことを問いかけたのは、実は引っかかっていたから。気にしていたから。

おつきあいしている人がいるのはいやだから。

そうだ。

これは恋だ。

だれかに会いたくて、その日を心待ちにして、うきうきと駅に向かって、絢一の顔を見たら自然と微笑《ほほえ》んでいる。

それは恋だ。

「わたしも、絢一が好き」

いつからか、なんてわからない。

気づいたら、恋をしていた。

「だろうな、って思ってた。よかった、そう言ってくれて」

絢一がほっとしたように息をついて、それから、とびきりの笑顔を浮かべた。

「じゃあ、おつきあいしてください」

「あの、でも…」

美奈はさっきの会話を思い出す。

「わたし、独身だけどいいの？」

「何が？」

「結婚をしたい、って言い出すかもよ？」

それがいやで、独身の相手とはつきあわないのよね？

「美奈ならいい。ぼくね、これまで、ちゃんとした恋ってしたことがなくて。美奈と出会ってはじめて、だれかと一緒にいることが楽しくて、もっといたい、って思えた。これまで女性と会うときにはかならずセックスをしていて、それなのに、美奈とはそれがなくても、あっという間に時間が過ぎていく。それが、とても不思議だった。あ、でも、つきあうとなったら、いまのままではいられないよ？　セックスもするよ？」

美奈の顔がぱっと赤くなった。

まさか、こんなところでセックスなんて言われるとは。

「わたし…、だれかとおつきあいしたことがなくて…」

美奈は消え入りそうな声でつぶやく。

「だから、そういうの時間をかけてほしい…」

いやじゃない。

そうじゃなくて。

未知のものは怖いのだ。

「わかった」

はじめてなんだ、とは言わなかった。それを、嬉しい、とも、重荷だ、とも口にしない。

そういう誠実なところが好きだ、と改めて感じる。

「美奈のペースにあわせるよ。じゃあ、つぎを持ってきてもらう?」

「うん!」

こうやってごはんを一緒に食べられるのが嬉しい。

それは恋をしてるかどうかとは、また別問題だけど。

それでも、絢一と食事をするのはとても楽しい。

様子を見ていた店員さんに絢一が合図をすると、店員さんがやってくる。

「つぎはシメになりますが、よろしいですか?」

「あの、追加とかできますか?」

美奈はそう聞いてみた。

「はい、できますよ」

「じゃあ、小籠包とエビを包んだやわらかいやつ？　のおかわりが欲しいです」

「おひとつずつで？」

「絢一は？」

「ぼくも食べよう。あとは、ほかにおすすめがあれば。美奈、まだ食べられるよね？」

「それはシメによるかな。シメってなんですか？」

「いくらチャーハンか、フカヒレラーメンになります」

「両方でもいいですか？」

「もちろんです」

「じゃあ、点心はさっき注文したのだけで大丈夫です」

「両方はお二人とも？」

「そうだね。ぼくもそうしよう」

「かしこまりました」

よく食べる人たちだな、と思っていても、それをおくびにも出さない。やっぱり、接客業の人ってすごい。

「美奈のそういう遠慮のないところが好きだよ」

「おいしいものはたくさん食べたい。でも、普段は粗食よ」

ごはんと納豆とかね。お味噌汁ぐらいはつけるかな。

「だろうね。美奈、堅実そう」

「いろいろあったから」
そのうち話そう。
親に捨てられたこと。祖母が愛してくれたこと。
全部、話そう。
絢一になら話せる。
たくさん食べて、たくさん飲んで、お店を出て。
そのあとはホテルのラウンジでお茶をした。
気づいたら、閉店を告げられた。時計を見ると十時を回っていて驚いたものだ。
そんなに長い間、話していたなんて。
その間、一回も時間を気にしなかった。
その日、はじめて家まで送ってもらった。
車から降りる前、抱き寄せられてキスをした。
唇をあわせるだけのキス。
それでも、胸がドキドキした。
人生ではじめてのキス。
それも、好きな人との最初のキス。
幸せだった。
ただただ、満たされていた。

「あの…」

ホテルの部屋で美奈はどうしていいかわからずに、ドアの前に立っている。都内の超高級ホテルのスイートルーム。もちろん、そんなところに入るのははじめてで、部屋の中を見てまわりたいのだけれど動けない。

そのぐらい緊張している。

ホテルを取ってるよ。

そのセリフを言われたときは、ドラマか何かかな？　とちょっとおかしくなった。まさか、自分の身にそんなことが起こるなんて。

今日じゃなくてもいい。いつでもいい。美奈の準備ができたら言って。毎週、ホテルだけは取っておくから。ぼくはそういうつもりだって、わかっていてほしい。

真摯な表情でつけくわえられて、美奈の気持ちも真面目な方向に切り替わる。

いやなわけがない。ただ、自分では言い出せなくて待っていただけ。

つきあうようになったあの点心デートから一ヶ月がたっていた。その間も会うのは土曜日だけ。そうじゃないと、美奈の中の何かが変わってしまう、と感じていた。

電話は毎日していた。会社から帰ってきて、ごはんを食べて、お風呂に入って、あとは眠るだけとなったら電話の時間。美奈がコールをしてから切ると、すぐに折り返しの電話がかかってくる。

どれだけ話しても話はつきなかった。日付が変わる前には切るようにして、それでも一日何時間も話した。

土曜は食事だけではなくなった。朝早くから夜遅くまで、いろんなところに行った。テーマパークのときもあったし、ちょっと遠出をして観光地で遊んだり、健康的にお散歩して回ったり。もちろん、運転手つきなんだけど、それはもう気にならなくなっていた。

それが絢一の世界なんだし、美奈があわせるしかない。絢一が電車に乗ることなんてないんだろう。

日曜も会いたい、とは絢一は言わない。それが美奈のことを尊重してくれているようで嬉しい。

日曜は一週間分の家事をして、自分の時間を作る。本を読んだり、買い物に行ったりもする。

そして、夜は平日とおんなじように絢一と電話で話す。

幸せってこういうことなんだ。

毎日、そう思っていた。

だから、ホテルを取ってる、と言われたときにも、とても自然に受け入れられた。

美奈は、こくん、とうなずいて、そのまま黙ってしまった。絢一は運転手に行き先を告げるとそれ以上はしゃべらなかった。

そして、いま、ここにる。

ホテルのスイートルームに。

でも、どうしていいのかわからない。足が動かない。

「怖い？」

スーツの上着を脱いだ絢一がやさしく聞いてきた。

「うん」

美奈は正直に答える。

「そっか。でも、ホテルまで来てくれてありがとう。今日は一緒に寝るだけにしようか?」

絢一はとても紳士でやさしい。

だけど。

「それだけじゃ、いや」

美奈の気持ちを尊重しすぎている。

「わたしだって、したい。したいけど、したことないから怖い。だから…、だから、絢一がどうにかして」

美奈は言葉をつづけた。

「そんなの、わたしのわがままだってわかってる。絢一にまかせすぎだって。だけど、わたしはもうここからはどうしていいのかわからないの。だからね…きゃっ…!」

ふわりとお姫様抱っこをされる。

「わがままなんて、いくらでも言ってくれていいよ。美奈がしたいって思ってくれてるだけで嬉しい。ぼくは経験豊富だから、まかせて。あ、こういうこと言うのはだめだね。美奈がいやな気持ちになる」

「何が?」

いやな気持ちになんかなってない。

「経験豊富とか、ほかの女性を匂わせるのはだめかな、と思って」

「出会う前のことなんて気にならない。だれにだって過去があるもの。いま、絢一がわたしのことが好きで、わたしだけを大事にしてくれるなら、それでいい」

「美奈って寛大だね」

絢一がくすりと笑った。

「そういうところも大好きだよ」

「ありがとう。嬉しい」

好き、とか、愛してる、とか。

絢一は臆面もなく言ってくれる。愛の言葉に慣れていない美奈は最初はものすごく照れてしまっていたけれど、いまはとても嬉しいと感じられるようになった。

だから、それを伝える。

好き、も、愛してる、も、なるべく伝えるようにしている。

美奈が言われて嬉しいように、絢一だって嬉しいだろうから。

「さて、どうしよう。シャワー、一緒に浴びる？」

「浴びないわよ！」

だって、シャワーって裸よね？　それを先に見せるってことでしょ？

無理、無理、無理！

「じゃあ、美奈が先に浴びておいで」

バスルームの前で下ろされた。絢一がドアを開けてくれる。中をのぞいてみると、びっくりするぐらい広い。トイレと浴室の間には仕切りのドアがあった。浴槽は広いし、テレビが見られるようになっている。洗面所もとても豪華。シャワーブースまである。

スイートルームって、やっぱりすごい。

「裸の上にガウンを羽織って出てくればいいよ。脱がせるのが楽だから」

いたずらっぽく笑う絢一に、美奈の心がだんだんほぐれてきた。緊張も解けてきている。

「わかった」

とりあえず、絢一の言うとおりにしよう。

「じゃあね」

ちゅっとキスをくれて、絢一がバスルームを出ていった。美奈はすぐに洋服を脱いで、シャワーを浴びる。

少しでも躊躇《ちゅうちょ》すると、また動けなくなるような気がして。

ざっと体を洗い流して、ガウンを羽織った。

「わ、すごいふかふか」

肌触りがとてもいい。さすが、高級ホテルはちがう。

バスルームを出ると、絢一がソファに座っていた。

「いいね」

絢一が美奈を見つめて、目を細める。

「とても色っぽい。ベッドで待ってて。この奥がベッドルームだから」

絢一が指さした先に大きなベッドが見えた。

あそこで、絢一に抱かれる。

はじめて、性行為をする。

ドキドキと心臓が脈打った。

また襲ってきた緊張と少しの期待。

それが心臓を動かしている。

「ぼくもシャワーを浴びてくる」

にこっと笑う絢一を、やっぱり、かっこいいな、と思った。

好きな人がかっこいい。

それは、とても幸せなこと。


シャワーを浴び終えた絢一は腰にタオルを巻いただけの姿でベッドルームに入ってきた。

絢一の裸を見るのなんて、もちろんはじめてで。

目をそらしたいような、見ていたいような、自分でもよくわからない感情がわいてくる。

「どう？」

そう聞かれて、美奈は首をかしげた。

何が、どう？　なんだろう。

「緊張してる？」

「あ、うん、してる」

隠さない。見栄《みえ》をはらない。正直に言う。

それが一番わかりあえると信じている。

「やめたい？」

「やめたくはない」

「そうなんだ」

絢一が微笑んだ。

「それはよかった。ここで、やっぱり、まだ無理、って言われたら、なかなかにつらい」

「つらい？」

それは、どうして？

「もうね、ぼくはする気満々だから。体もそういうふうになっちゃってる」

「体が…あっ…！」

さすがに、そういうことを知らないわけじゃない。経験はなくても知識はある。

絢一の下半身が変化しているのだろう。バスタオル越しだとあんまりよくわからないから、まだそこまですごいことにはなってないにしても、その状態でお預けはつらいに決まってる。

「わかった？」

絢一がくすりと笑う。

「うん…。えっと…じゃあ、わたしはどうしたらいい？」

「どうもしなくていい。そこにいて」

絢一がベッドにあがった。ぎしり、と音がして、それがこれから起こることの予告のようで心臓が早鐘を打つ。

「脱がせてもいい？」

絢一が美奈のバスローブの紐《ひも》に手をかけた。

「いい……わ……」

迷っていたら進まない。

美奈だってしたいのだから、あとは絢一にまかせよう。

「あのね、絢一」

紐をほどいた絢一が美奈を見つめる。

「怖い？」

「緊張しているし怖いけど、もう聞かなくていい。どうしてもだめだったら、やめて！　って叫ぶから。そうじゃなかったら、つづけてほしい。絢一がわたしの意思を尊重してくれるのは嬉しいけど、いちいち返事をする余裕はもうない。絢一のいいようにして」

「美奈が大好きだよ」

絢一が美奈をそっとベッドに押し倒した。キスをしながら、バスローブを左右に開く。そのまま、するり、と脱がされた。

「きれいだね」

絢一が目を細める。

「そう……？」

自分の体がきれいかどうか、美奈にはよくわからない。でも、絢一がそう思ってくれているなら嬉しい。

「肌が真っ白で、予想よりもおっぱいが大きかった。美奈って着やせするんだね」

「そう…かな…？」

ああ、恥ずかしい。そんなにじっくり見られている。

「ねえ、ぼくの見る？」

絢一が腰に巻いたバスタオルに手をかけた。美奈は、こくり、と一度だけうなずく。

絢一が、はらり、とバスタオルを落とす。

「ぎゃっ…！」

全然かわいくない、悲鳴みたいな声がこぼれた。絢一が声をたてて笑う。

「そうだよね。びっくりするよね。見たことないんだもんね」

絢一がおもしろそうな表情を浮かべた。

絢一のこういうところが大好きだ、と美奈はまた思った。

自分のペニスを見せて、悲鳴をあげられて、ちょっとぐらいはいやな気分になっているだろうに、それを見せない。それどころが笑ってくれる。

器が大きい。

大好きと感じられるところがたくさんある。それがとても嬉しい。

「ごめんね…。叫んじゃった」

それでも、美奈は目をそらしていない。

あれが男性のペニスなのか。少し上を向いているものの、まだ完全には屹立《きつりつ》していないんだろう。

形状としてはグロテスクと言ってもいい。褐色なところといい、先端から少しずつ太くなっていき、途中でカーブを描いて、その下に長い棒みたいなものがつづく。

だけど、気持ち悪い、なんて思わない。それどころか、興味がわいてくる。

あれを触ったら、どうなるんだろう。

「美奈がぼくのペニスしか見てない」

絢一がおもしろそうにそう言った。

「うん、なんか、興味深いの」

「出た、美奈の好奇心旺盛なところ。自分の知らないものを知りたいんだよね」

あ、そうか。これは好奇心なのか。

うーん、でも、ちょっとちがうかも。

「絢一のことだから知りたい。好奇心じゃなくて、絢一への愛情なんだと思う」

「美奈は本当にかわいいね」

絢一が美奈の髪を撫でて、唇を重ねた。舌が、するり、と中に入ってくる。

このキスにも慣れてきた。最初はどうしていいのかわからなくて、ただされるがままだったけれど、いまは絢一の舌を迎えて、自分から絡めることもできる。

ちゅくちゅくと音をさせつつ、キスが激しくなっていく。何度も舌を絡めては離していたら、体が熱くなってきた。

絢一の手が美奈の髪から動いて、頬、首筋、肩となぞっていく。

ぞわり、と体が震えた。

「いやだったら言って。やめられたらやめるし、それが無理だったら、もっとやさしくする」

「わかった…」

やっぱり、緊張は解けていない。

だけど、それでいい。

はじめてのことなんだから、緊張しててもいい。

絢一の手が、ふわり、と美奈のおっぱいを包んだ。

「あっ…」

はじめての感触に、美奈は体をのけぞらせる。

「どう?」

「…聞かないでっ…答えられなっ…」

「いやじゃない?」

「いやだったら…言うから…おねがっ…」

毎回答えるのは恥ずかしい。

「じゃあ、ちゃんと言うんだよ?」

「言う…っ…」

「わかった」

絢一が美奈のおっぱいをやさしく揉《も》む。

むにゅ、むにゅ、と大きな手が動くたびに、美奈の体が小さく跳ねた。

気持ちいいというか、くすぐったい。

「大丈夫？」

こくん、とうなずいて、答えにかえる。

絢一の指が乳首に触れた。

びくん！

美奈は体をのけぞらせる。

「やぁっ……」

そんな声もこぼれた。

「いや？」

絢一は乳首をつまみながら聞いてくる。

「ちがっ…そうじゃなくて…っ…」

「あえいだだけ？」

また、こくん。言葉にするのは恥ずかしい。

「じゃあ、つづけるよ」

乳首を指で、くるり、くるり、と回されて、美奈の体が大きくのけぞった。乳首が、ぴん、と硬くなるのがわかる。

「ひっ…ん…あぁん…」

じんじんと乳首の奥の方が熱くなってきた。これは明らかに快感だ。

「舐《な》めるね」

指でいじっているのとは反対側に絢一の顔が近づいてくる。

ちゅぱ、と音をさせながら乳首に吸いつかれて、美奈は、びくびくっ、と体を震わせた。

「ふぇ…っ…あっ…はぁ…ん…」

指と舌。まったく感触のちがうもので乳首を責められて、美奈の熱はどんどんあがっていく。

ふるん、と指で震わされたり、乳首の根元を甘噛みされたり、指でも舌でも上下に弾《はじ》かれたり。

…すごく気持ちいい。

「ひゃぅ…っ…ん…っ…」

絢一の空いている手が美奈の体を滑って、足首に触れた。ふくらはぎ、膝の裏、太腿《ふともも》、と這《は》いあがっていく。

恥ずかしさで足を閉じたくなる気持ちを抑えて、美奈は体の力を抜いた。

「いやだったら言うんだよ?」

乳首を舐めながら、そんなことを言わないでほしい。舌が不規則に乳首に当たって、ますます気持ちよくなる。

絢一の手が足のつけねにたどりついた。ためらう様子もなく、美奈の女性器に触れる。

「あぁあっ…!」

美奈の声が大きくなった。

美奈は自慰をしたことがない。だから、こういう目的のために女性器を触られるのは、もちろん、はじめてで。

いやじゃない。

まずは、そのことにほっとする。

いくら絢一のことが好きでも、セックスは無理かもしれない。

その不安が少しはあった。だって、したことがないのだ。自分がどういうふうに感じるのか、それすらわからない。

だけど、まったくいやな気持ちはしなくて。それどころか、ちょっと嬉しくて。

ああ、よかった。

心から、そう思う。

絢一とセックスができる。

それが幸せ。

「クリトリスを触るよ」

こくん。

そんなことを言われて、どう返事をすればいいんだろう。

絢一の指が割れ目にそって上にずらされる。ひちゃ、と小さく濡れた音がした。

恥ずかしい。

でも、嬉しい。

だって、わたし、濡れてる。ちゃんと気持ちよくなってる。

割れ目の頂点をやわらかく撫でられた。

「いやぁ……っ……！」

はじめての、そして、強烈な快感に、美奈の体がびくびく跳ねる。

「いや？」

「ちがっ……いやじゃな……っ……」

「よかった。美奈が気持ちよさそうで」

指でクリトリスを撫でられるたびに、美奈の体は敏感に反応する。じゅわ、と体の奥から何かが生まれて、それがこぼれるのがわかった。

おっぱいも愛撫《あいぶ》されつづけている。乳首を刺激されるたびに、気持ちよさがどんどん強くなっていく。

「一回イッてみる？」

「イク……？」

イケるのだろうか。

「美奈、もしかして、自分でもしたことがない？」

「ない……っ……」

「そうなんだ。だったら、怖いのは当然だね。とりあえず、イケるかどうか試してみるね。ぼくを信じて、身をゆだねてくれたら嬉しい」

こくこくこく。

絢一のことは信じてる。だから、絢一にすべてをまかせているのだ。

「なんにも考えず、ただ気持ちよくなってほしい」

また、こくこく。

絢一がクリトリスをそっと押さえて、そのまま上下に動かした。ものすごい快感が襲ってきて、美奈はどうしていいかわからない。

「ひっ…あぁん…はぅ…っ…」

少しずつ速められて、美奈の頭が真っ白になる。

これがイクってこと…?

「あっ…あぁっ…あん…っ…あっ…」

そんな声がつぎつぎとこぼれた。

絢一の指がクリトリスを弾くようにした瞬間、美奈の奥の方が、びくびくっ、と痙攣《けいれん》のような動きをした。

体が、ぴん、と反《そ》って、そのままベッドに沈む。

「イッたね」

絢一が嬉しそうにつぶやく。

これがイクってことなんだ…。

美奈は、はあはあ、と荒く息をついた。体がだるいような、そうでもないような、ものすごく不思議な感覚。

「どうだった?」

絢一はおっぱいから手も唇も離して、美奈と目を合わせる。

「すごく…よかった…」

美奈は正直にそう告げた。

「いやなことはなかった？」

「ない…。幸せ…」

絢一はにこっと笑うと、美奈に口づける。

「これからは痛かったりするかもしれない。こんなに気持ちよくしてあげられないかもしれない。それでもいい？」

「あのね、絢一」

美奈は絢一に手をのばして、頬を撫でた。

「もう聞かなくていい。わたし、全然いやじゃない。このあと、たとえ痛くても、全部してほしい。絢一に抱かれたいの。それがわたしの望み」

「ありがとう」

絢一が美奈の手をそっとつかんでくれる。

こんなに愛しい人とセックスができる。

それが本当に幸せ。

「じゃあ、するね」

もう一度キスをしてから、絢一は美奈の足を大きく広げた。

恥ずかしい。でも、嬉しい。

さっきから、そんなことばっかり思ってる。

絢一がその間に体を割り入れてくる。

「さっきとはちがうところを触るよ」

こくん。

絢一が蜜口にそっと触れた。すごく大切にされているのがわかって、とてもとても幸せな気分になる。

くちゅり、と濡れた音をさせながら、絢一の指が中に入ってきた。

「んっ…」

はじめて何かを受け入れるので、さすがに違和感を覚える。

だけど、痛いとかはない。濡れているせいか、絢一の指もスムーズに動く。

「どう?」

「だい…じょぶ…」

体に力を入れないように、深呼吸をしてみた。

「気持ちいい?」

「…あんまり。ごめんね」

「いいんだよ。最初から気持ちよくはならないと思うから。それでも平気?」

「さっきも言ったけど、絢一に抱かれたい。わたしがいましたいことはそれだけ。だから、絢一のいいようにして。気持ちよくなくてもいい。心が気持ちいい」

「美奈が大好きだよ」

絢一がにっこり笑って、指をぐっと奥に押し入れる。

「はぁ…っ…ん…」

何度か抜き差しされているうちに、指の感触にも慣れてきた。

くちゅくちゅ、と濡れた音はずっとしているから、絢一の動きがどんどん大胆になってくる。

最初はゆっくりだったのが速くなり、指も二本に増えた。さすがに二本入ってくると、中が圧迫されているような感じになる。

「ん…あぁっ…」

膣《ちつ》が、ひくん、と断続的に震える。

「そろそろ入れるね」

絢一が指を抜いた。なんにもなくなった膣は、きゅう、と縮んでもとの位置に戻る。

それが、なんだか寂しい。

「いくよ?」

絢一がペニスの先端を蜜口に当てた。

それが熱くて。ああ、こんなに体温があるんだ、と妙なところで感動する。

指よりももっと繊細に、ゆっくりと、絢一がペニスを入れてきた。

「…っ…」

痛くはない。だけど、ものすごい違和感がある。

そして、とんでもなく幸せ。

好きな人に抱かれるって、こんな感じなんだ。

「笑ってる」

絢一が美奈の頬をつついた。

「嬉しい……から……っ……」

「ぼくも嬉しい。大丈夫?」

「うん……」

気持ちいい? とは聞かない。それは、きっと絢一が一番よくわかっているんだろう。

それでもやめない。つづけている。

それが嬉しい。

時間をかけて、絢一のペニスがすべて入った。痛みは、やっぱりない。

「動くよ」

「動いて……」

ペニスを摩擦しないと、絢一は気持ちよくなれない。そういう知識はちゃんとある。

絢一が美奈の膣で感じてくれて、イッてくれたらそれでいい。

それが幸せ。

「ちょっと速くなるけどいい?」

「いい。っていうか、そうしてほしい。絢一が気持ちよくなってくれたら、わたしはそれが嬉しいの」

「美奈でよかった」

キスをくれて、絢一が動きはじめた。

たぶん、限界まで耐えてくれている。だって、そんなに速くはない。

「あっ…あっ…あっ…」

じゅぶじゅぶと音をさせながらペニスが膣を擦るたびに、美奈の体はびくんと震える。

蜜口付近まで抜いて、また押し入れて。

ぐちゅん、ぐちゅん、と濡れた音が大きくなっていく。

「絢一…っ…好きっ…あなたが…好きぃ…」

「美奈…ぼくも…好きだよ…」

絢一の声がかすれている。絶頂が近いんだろうか。

イッてほしい。

自分で気持ちよくなってほしい。

「イク…っ…」

絢一が小さくそうつぶやいて、美奈の中に精液を注いだ。美奈はぎゅっと絢一にしがみつく。

そして、気づいた。

避妊をしていない。

「絢一…?」

美奈は絢一をじっと見つめる。

「なんだい?」

「あの…終わってから言うのはなんだけど…」

はじめてのセックス。大好きな人に抱かれて幸せいっぱいなのに。

こんなことを言いたくはない。

でも。

「避妊…」

つぎからはちゃんとしてもらおう。

「子供ができたら結婚しよう」

「え…？」

つきあって、まだ一ヶ月。セックスをしたのは今日がはじめて。

それなのに結婚？

「それは…どういう意味…？」

避妊したくない。だから、子供ができたら結婚するけど、できなかったらそれはそれでラッキー、みたいなこと？

「子供ができなくても結婚したい。ぼくは美奈と結婚したいんだ」

「ちょ…っと…待って…」

よく意味がわからない。

結婚？　つきあって一ヶ月で？

「ぼくはね、結婚する相手は自分で見つけたいと思っていて。もちろん、そういう人が見つからなかったら、親に勧められたままに結婚するつもりではいた。ぼくの育ってきた場所では、それが当たり前だから。だけど、ぼくは三男で後継ぎでもないし、もし万が一、長男がなんらかの理由で後継ぎになれなくなったとしても次男がいるし、まさか、次男までだめになることはないだろうし、結婚したいと思えるほど好きな人ができたらそうしよう、って勝手に思ってた。まだ親には言ってないけどね」

どうしよう。

すごく嬉しい。

親のせいで結婚に夢なんて抱いていない。心から愛する人にめぐりあえたらしたい、なぜなら、その方がどうせ離婚したとしても愛し合った記憶は残るから、みたいな消極的な気持ちでいた。

祖母がかわいがってくれて、祖父との結婚生活での楽しい思い出をたくさん聞かせてくれて、ほんのちょっとだけ結婚への不信感はなくなったけれど、子供時代に経験したものが完全になくなるわけもない。

絢一に恋をして、絢一に恋をしてもらって、つきあって、まだ一ヶ月。

それでも、美奈も、結婚したい、と思った。

絢一と結婚したい。

だけど。

絢一は超がつくほどのお金持ちで、お金のことはなんの心配もない生き方をしてきた。これからも、そうやって生きていく。

美奈は家族がだれもいない。両親は生きていても、家族はいない。お金のことは心配してばかりだし、将来のことを考えると不安はつきない。これからも、それは変わらない。

そんな二人がうまくやっていけるのか。そもそも、お金も地位もない美奈を脇坂家の人たちは受け入れてくれるのか。

無理なんじゃないかな。

美奈の冷静な部分はそう判断をする。

その一方で。

とても好きな人ができた。その好きな人が自分を求めてくれた。結婚したいとまで言ってくれた。

そのことに無条件に喜んでいる、夢見がちな部分もある。

どうしよう。

どうしたらいい？

「美奈のこれまでのことを考えたら、結婚なんてしたくない、と思うかもしれない」

絢一はこうやって、いつも美奈に寄りそってくれる。絢一の考えを押しつけたりしない。

そこが本当に信用できる。

「だから、結婚したいというのはぼくのエゴ。中に出しちゃったのもぼくのエゴ。本当に申し訳ないとは思ってる。でもね」

絢一はまっすぐに美奈を見つめた。

「いまので美奈が妊娠したら、美奈もあきらめてぼくと結婚してくれるかな、ってもっとひどいことも考えてる。ぼくが美奈と結婚したいから、美奈の感情を置いてけぼりにしてる。いまさら言うのは卑怯《ひきょう》だともわかっているんだけど、ぼくと結婚を前提にしたおつきあいをしてください」

絢一が起き上がって、ベッドの上にひざまづく。

「絢一…」

「指輪とかなんにも持ってなくて、プロポーズにもなってない。本当にかっこ悪いね。でも、ぼくの本心だから。美奈はしばらく考えてくれていい。結婚を前提に、って、ずっとあとで、とかじゃないよ？ できるだけ早くがいい。ぼくはね、残りの人生を美奈と過ごしたいんだ。そのために結婚して、美奈と家族になりたい」

ぽろぽろと涙がこぼれた。

こんなにまっすぐな気持ちをぶつけてくれて、嬉しくないわけがない。

「はい」

美奈は涙をぬぐって、そう答えた。

「え？」

絢一はきょとんと美奈を見る。

「わたしも絢一と結婚したい。だから、はい、結婚を前提としておつきあいします」

「やったー！」

絢一が美奈をぎゅっと抱きしめて、そのまま、くるり、と回った。

「ぼくのお嫁さんだ」

その嬉しそうな表情に、美奈も胸がいっぱいになる。

絢一に抱かれて幸せだと思った。

それ以上に、幸せになった。

このときを一生忘れない。絶対に忘れたくない。

そして、いまも覚えている。

幸せな思い出として。


カランカラン。

ドアの開く音がして、美奈ははっと我に返った。時計を見ると十一時少し過ぎ。

十一時ちょっと前にドアにかけてある小さな看板を『クローズ』から『オープン』に引っくり返す。それが毎日のルーティーン。

今日はドアを開けるのが怖かった。もしかして、絢一がそこにまだいるのかもしれない、と思ったから。

だけど、いなくて。影も形も見えなくて。

もしかして、あれは幻だったのかも、と考えたりもした。

ハンバーグの仕込みをしながら、絢一との出会いを思い出していた。

いやな思い出なんて、何もない。絢一に出会えたことは、美奈の人生に起きた最大の幸福だと思っている。

ただ、一緒には歩めなかった。

望んでいた形にはならなかった。

それだけだ。

「今日はハンバーグなのね」

いつもこの時間にやってくる、近所の年配の女性が嬉しそうに言った。ほぼ毎日きてくれて、とてもありがたい。

「はい。日替わりですか？」

「ええ。飲み物は紅茶ね」

「食後ですね」

「そうよ。ありがとう」

いつも文庫本を持って、窓際の席に座る。

そういえば最近、本を読んでないな、とその姿を見るたびに思う。

だけど、いまは本を読む時間なんてない。アリスと過ごす時間以外は、喫茶店のことを考えている。

アリスが手を離れたら、少しぐらいは読書する時間ができるだろうか。それは何年後のことだろう。

その日が来るのが楽しみなような、アリスがそこまで成長するのが寂しいような、そんな不思議な気持ちだ。

美奈はフライパンを温めて、ハンバーグを焼く。一気に焼いておいたら楽だけど、それはしたくない。注文が入ってから焼くのとは味がちがう。

せっかくお店をやっているのだから、少しでもおいしいものを出したい。それは美奈の矜持《きょうじ》だ。

おかげで常連さんも増えて、経営もうまくいっている。

それがずっとつづくことを願っている。

絢一には絢一の道を歩んでほしい。

美奈は美奈の道を歩く。
絢一とは関係のない、この場所で。
アリスと二人で。

第三章

カランカラン。

一日に何度も聞く、きれいな鈴の音。そのたびに、心が温かくなる。

ここがわたしの居場所。

そう思えるから。

「いらっしゃいませ」

美奈は笑顔でそう告げた。

「しゃーせー」

空いている席に座って紙に落書きをしているアリスも唱和する。アリスはお店にいるときはおとなしくしてくれているので、本当に助かっている。楽しい？　って聞くと、楽しい！　と元気に答える。お客さんがつぎつぎにかまってくれるから、それも楽しいのだろう。

「こんにちは」

入ってきたのは、ほぼ毎日のようにやってきてくれる年配の女性二人。お昼どきをはずして午後遅めの時間に現れるので、落ち着いて接客ができる。

「えーっとね、まずは生ビールをふたつ！」

「かしこまりました」

お酒を頼んでくれるのは、とてもありがたい。飲食店を経営するようになって、利益率というものを学んだ。食事だとそこまで利益は出ないけれど、飲み物は本当に利益率が高い。たくさん飲んでくれる人が神様に思える。

最初は、純喫茶を営もうとしていた。

美奈はケーキを焼くのが得意だし、紅茶が大好きで詳しい。

絢一とつきあうようになって、絢一がケーキが好きだと知った。甘いものを食べすぎると太るから節制しているけれど、ホールケーキを丸ごと食べてみたい。それが夢だと語る絢一がかわいすぎて、こっそりケーキ教室に通った。その出費のことは気にならなかった。

大好きな人に大好きなものを食べさせてあげたい。

ただ、それだけ。

実際、ケーキを作るようになると、とても楽しかった。そして、自分でも驚いたことに、美奈の作るケーキはとてもおいしくて、教室の先生に、あなた、プロになれるわよ、とまで言われた。おなじ材料で作っても、たしかにほかの生徒が作ったものとはちがう。

絢一に作ってあげたら、ものすごく喜ばれた。これまで食べてきた中で一番おいしいと言ってくれた。

それから、機会があるたびに絢一以外にもケーキを作って、みんなに、プロみたい、とほめられていた。

だから、ケーキ作りには自信がある。

ある日、絢一が、こんなにおいしいケーキには紅茶だよね、といろいろな茶葉を買ってくれた。そのときに、紅茶のおいしさに目覚めた。茶葉の種類によって、味がまったくちがう。入れ方で味も変わってくる。バーテンダーをやっていたときの血が騒いで、絢一が持ってきてくれた紅茶を何度も入れて、何度も飲んで、それを見た絢一がもっとたくさんの茶葉を買ってくれて、しばらくしたら紅茶にとても詳しくなっていた。

だから、紅茶とケーキを出すお店にしよう、と。

東京都内にはそういうお店がいくつもあって、どこも繁盛していた。

ケーキと紅茶がおいしいと評判になれば女性客はついてくれる。だから、大丈夫。

当たり前のように、そう考えていた。

ここは東京都ではない。

それが最大の誤算だとは気づきもせずに。

いま入ってきた二人はそのことを教えてくれた人たち。美奈の恩人でもある。

美奈はグラスを出して、丁寧にビールを注いでいく。ビールも入れ方ひとつで変わるのだ。

きれいに泡が立ったビールグラスを二つ運んで、コトン、とテーブルに置いた。さっそく二人がグラスを持って、ごくごく、と喉を鳴らして飲む。

わたしもこの年齢までおいしくビールを飲めるといいな。

そう思いながら、いったん厨房《ちゅうぼう》に引っ込む。彼女たちがおつまみを決めるのは、いつも時間がかかる。その前に別のお酒になることの方が多い。

もうね、そんなに食べられないから。その日に食べたいものを吟味するの。だって、これが最後の晩餐《ばんさん》なのかもしれないのよ?

冗談まじりにそう言う彼女たちは、本当に楽しそう。いつまでも元気でいてください、と毎回言うし、本気でそう思っている。

だって、彼女たちのおかげでお店が救われたのだ。ケーキと紅茶だけでやっていこうとしてたら、早々につぶれていた。

いくらケーキと紅茶がおいしくても、それにお金を払おうとする人はこの町にはまったくといっていいほどいなかった。ケーキはいい材料を使っているから値段も高くなったし、紅茶もおなじ。

新しい喫茶店だ、と中に入ってきてくれても、高いわね、と言って何も注文せずに出ていく人がたくさんいた。

何か頼んでくれる人がいても、もう一度やってきてくれることはなかった。ケーキも紅茶もおいしいという自信があったから、すごくショックを受けた。

そのうち、ものめずらしさでやってきてくれるお客さんもいなくなって、たまにケーキを持ち帰ってくれる人がいるだけ。

すぐに成功するとか、そういう夢を抱いていたわけじゃない。それでも、お客さんが一人も来ない日が何日かつづくとさすがに落ち込む。

高いからお客さんが来ないんだとしたら値段を下げる？　でも、下げると利益がなくなる。赤字でもいいわけじゃない。経営するからには黒字を出さないと。

どうすればいいのかわからない。このまま開いていても赤字がかさむばかり。さっさとあきらめてお店を畳んだ方がいいんだろうか。

そんなことばかりを考えるようになっていたある日、彼女たちが来てくれた。これまで来てくれたことがない人たち。ひさしぶりのお客さんが単純に嬉しかった。

「生ビールはないの？」

そう聞かれて、びっくりした。喫茶店で生ビールを出すなんていう発想がなかったからだ。

「すみません、うちは喫茶店なんで生ビールはないです」

頭を下げながら、生ビールが飲みたいな、と思った。

いまは飲めないけど、そして、いつまた飲めるようになるかもわからないけど、生ビールが飲みたい。

そのとき、美奈は妊娠していた。あまりおなかが大きくならない体質みたいで、まったくといっていいほど気づかれなかったけど、安定期はとっくに過ぎて臨月が近づいていた。つわりも一切なかったし、母子ともにとても元気。

子供が産まれたらしばらくは自由な時間なんてなくなるからいまのうちに、と妊娠中にもかかわらずお店を開いたのだ。

いまならわかる。

あのときの美奈は、いろいろとおかしくなっていた。

普通は妊娠中にお店なんかやろうとしない。子供を産んだら、赤ちゃんにかかりきりになる。美奈が一人でやっているんだから、お店もしばらくは閉めなきゃいけない。いつ再開できるかもわからない。店賃《たなちん》をムダに払うことになる。

そういうことは頭になかった。

とにかく、何にも考えていなかった。

考えたくもなかった。

自分が置かれている状況から逃げたくて、ケーキ作りの腕を活かした喫茶店をやってみよう、なんて軽い気持ちで始めただけだ。

「そうなのね。じゃあ、コーヒーとケーキでも食べましょうか」

出ていくわけじゃなくて注文をしてくれる。それが嬉しくて、涙が出そうになった。ひさしぶりに売上がある。紅茶ほどじゃないけれど、コーヒーもうまく入れられる自信はあった。

最初はたくさんの種類のケーキを準備していたけれど、いまは品数を絞っている。ショートケーキとチーズケーキとあとは気まぐれで何か。

二人ともショートケーキを注文した。ショートケーキはやっぱり強い。初めてのお客さんはほとんどショートケーキを選ぶ。

丁寧にコーヒーを入れて、ショートケーキをお気に入りのお皿に入れて、祈るような気持ちで出した。

どうか、気に入ってもらえますように。

二人はおしゃべりしながらケーキを食べて、コーヒーを飲んでいる。

「手作りのケーキって独特の味よね。スーパーのケーキの方が好きだわ」

「そうね。安いし、あれでいいって思っちゃう」

そんな会話が聞こえてきて、美奈はその場に崩れ落ちそうになった。

たしかに、スーパーで売っているケーキは安い。そこそこおいしい。だけど、使っている材料とかで決定的なちがいがあると思っていた。それをみんな、わかってくれるものだと。

「あの…」

そう声をかけたものの、つづきがまったく浮かんでこない。

わたしは何を言おうとしているんだろう。お客さんに何を求めているんだろう。

普通ならしないようなことをしたのも、やっぱり、おかしくなっていたせいだと思う。

だけど、これが幸いした。

本当に本当に幸いした。

「あ、悪気はないのよ」

少しふっくらした方の女性が悪びれもせずにそう言った。

「都会ではこういうケーキにお金を出すかもしれないけれど、こっちは物価が安いからね。ケーキにこの値段を出す人はまずいないし、出すとしたら、それはもうとんでもなくおいしくないと納得しない。もしくは、だれもが知っているような超有名店。それをみんなで集まるときに持っていったら、まあ、これはあそこの！　って感動される。そんな付加価値がついていたら、そんなにスーパーと味が変わらなくてもお金を出しただけの満足感は得られるの。でもね、近所のお店でスーパーのケーキより何百円も高いものを買おうとは思わない。マーケティングをちゃんとしないと、お店って成功しないのよ」

すごくまともな意見だ。

美奈はまじまじとそのふくよかな女性を見つめる。

「私たちはお金に困っていない世代だから、三時のおやつに千円以上出せるけど、物価が安い、つまり、給料も都市部に比べて安い場所で、たかが、とあえて言わせていただくわ」

彼女はにっこりと笑った。

「たかがケーキとコーヒーに千円以上出せる人がどれだけいると思う？　あなたは、いい材料、いい豆を使っているから当たり前だって思っているかもしれないけれど、千円ってすごい価値があるの。給料日にいいお肉を買うとか、一人暮らしだったらちょっといい夕食を食べにいくとか、そういうことができる値段なのよ。もちろん、夕食にお酒をつけたら千円では無理だけど、飲まない人なら大丈夫。それに、ちょっとあがってお茶飲まない？　みたいな文化が定着しているこのあたりでは、わざわざ喫茶店なんか入らないの。ずっとここが空いていたのには、それなりの理由があるのよ」

「あの……」

「いいわよ、座りなさい」

彼女は、ぽんぽん、と空いている席を叩《たた》いた。美奈は頭を下げて、そこに座る。

ちゃんと話を聞かなきゃだめだ。そうじゃないと、本当にこのお店はつぶれる。

東京での生活が基準になっていて、ここにはここなりの生き方があるってことを考えていなかった。

だめだ。本当に考えが甘かった。

おいしいものを出せば、お客さんはかならず来てくれる。

そんな傲慢なことを根拠なく思っていた。

もう一人の細身の女性はずっと黙っている。というか、おもしろがっているようにも見える。

彼女の意見も聞いてみたい。あとから、話してみよう。

「ここはね、人口も少なくて、物価も安くて、あなたがいた都会とは生活様式がちがう。そんなところで高級なケーキやコーヒーを出しても、常連になってくれるわけないでしょ」

もう納得することしかなくて、どんどんうつむいていってしまう。

「このケーキ、手作りっぽいの」

それまで黙っていた細身の女性が、ぽつり、とつぶやく。

「…手作りなんです」

「それはわかってるんだけど、ケーキって自分たちでも作るから。既製品のきれいな形とか、毎日味が一定しているところとか、そういうのが非日常になるのよ」

ああ、そうか。ケーキは作るんだ。

そういえば、祖母と二人暮らしのときにいろいろな料理を覚えた。お菓子もたくさん作った。

お休みの日にお菓子を作ってみんなで食べる。

それを普段からしていると、材料費とかもわかる。どうしてこんなに高いのか、といぶかしまれているのかもしれない。いい材料を使っている、と説明しても、それなのにそこまで味が変わらなんだ、と思われたらおしまい。

「いろいろまちがってるんですね…」

開店して一ヶ月以上がたっている。新しいお店ができた、というのはすでに広まっているはずなのに、新規のお客さんが来てくれない。常連さんもいない。

それが答えだ。

「そうね。喫茶店のままだったら、あと何ヶ月かでつぶれると思うわ」

ふくよかな女性がうなずいた。

喫茶店のままだったら。

その言葉にすがりつく。

「何をすれば…」

「入ってきたとき、私が何を言ったか思い出して」

生ビールをちょうだい。

そう言った。

「お昼から飲みたい人たちは結構いるの。私たちみたいな妙齢な美女から年配の人たちまで、それはもうさまざまな年齢層で」

「妙齢って！」

細身の女性が声をたてて笑う。

「さすがに言いすぎじゃない？」

「いいの。心はいつも妙齢の美女よ」

「心はね。見かけは老婆だけど」

「そんなことないわよ。ねえ？」

美奈にふられて、こくこくこく、と何度もうなずいてしまう。

「とってもお若いです」

妙齢では絶対にないけれど、老婆でもない。

「でしょ?」

まんざらでもない様子に、いくつになってもかわいらしい人っていいな、と思う。自分もおばあちゃんになったら、こうでありたい。

「お昼から開いてる居酒屋はあるのよ。隠居生活で時間を持て余したおじいさんたちのたまり場みたいな。でも、そこに妙齢の私たちがいくのもね。それに、私たちの世代には居酒屋ってちょっと敷居が高いの。女性が行くところじゃない、みたいな感じがして。あとは、きれいなところで飲みたいじゃない」

なるほど。たしかに、それはわかる。

美奈だって、一人でどこかで飲むとなったら居酒屋は選ばない。

「女性でも入りやすいお酒が飲める場所を、みんな探してるの。家でお昼から飲むわけにはいかないからね。近所の目って怖いのよ」

なるほど。それは小さな町の大変なところだ。

「喫茶店だったら、ケーキを食べにきた、みたいな顔をしてお酒が飲める。私たちぐらいの年齢になるとお昼からお酒を飲んでいても何も言われないけど、主婦がちょっと息抜きにお昼から飲むなんてことは許されないの」

「え、そうなんですか?」

家のことをちゃんとしていたら、たまのお酒ぐらい許されたっていいだろうに。

「お酒は夜に飲むもの。このあたりでは、そういう風潮があるの。私も若いころはそう思ってたし、お昼からお酒を飲んでいる人たちを軽蔑してた。でもね、お昼に飲むお酒っておいしいのよね」

「ねー」

二人は顔を見合わせて、にこにこと笑い合っている。とても仲がよさそうで微笑ましい。

「休日でもお昼はだめなんですか？」

「うん、だめね。お昼から飲んでいいのは定年退職した人だけ」

「それは男性でも？」

「そう、男性でも。そういう地域って、実は結構多いのよ。車社会だからっていうのもあるのかもしれない」

なるほど。たしかに、車を運転するなら、お昼からお酒を飲めない。

夜になって、一日のすべてが終わって、ほっと一息ついてお酒を飲む。

そのお酒はとてもおいしいだろう。

「だけど、お昼からお酒を飲みたいのよ」

「そうそう、たまにはね。だれだってストレスがたまるもの。それは主婦だっておんなじ。友達と集まっておしゃべりすることも大事だし、その場にお酒があった方がいいって人も多いのよ。ただ、人目があるからね。紅茶にするの。おいしいお菓子とか買ってきてね」

ケーキを持ち帰ってくれるお客さんは、そのおいしいお菓子を買いにきてくれたんだろうか。だとしたら、すごく嬉しい。

それだけのお金を出してもらう価値があると美奈自身は思っている。だけど、スーパーのケーキの方がおいしいわね、と言われているのかもしれない。リピーターがいないのがその証拠のような気がして、ずん、とさらに気持ちが落ち込む。

「ここを、そういうお店にしたらいいと思うの」

そういうお店？

「どういうお店ですか？」

「女の人たちがお昼からこっそりお酒を飲めるお店。夜はね、喫茶店だと厳しいから。ほら、家族向けのお店って別にあるし、家族みんなで夜に喫茶店で飲んだり食べたりしましょう、とはならない。でも、お昼にあそこで飲みましょう、っていうのは、とても需要があると思う。私の個人的な意見だけどね」

なるほど。ケーキと紅茶を売りにしても、どうやら生き残れなさそう、というのは、彼女たちの話を聞いていたら納得できた。開店して以来、来店するお客さんがどんどん減っているので実感としてもそれはわかっている。

「前にここで喫茶店をやっていたのは、コーヒーにはうるさいんです、みたいな男性でね。それも、あなたとおなじようにこの町の外から来て、コーヒーの伝道師になりたいんです、なんて言ってて、半年もしないうちにつぶれたんじゃなかったかな。紅茶とかコーヒーとかって、家でいれてもそんなに変わらないと思うのよ。もちろん、ちょっとはおいしいんだろうけど、その、ちょっと、に高いお金をかけるほど生活に余裕がないのよね」

ああ、そうか。そういうところを考えてなかった。

この場所で何が求められているのか。

その視点がすっぽりと抜け落ちていた。

いいものを出していれば、そのうちお客さんがついてくれる。常連さんに囲まれて、のんびりと暮らしていける。

それは美奈が勝手に望んだこと。

その、常連さんになってくれる人、が求めるものをまったくわかっていなかった。かといって、ケーキの質を落としたり、紅茶を安いものに変えたりはしたくない。それはそれとして、まったく別のものも出すのはありだ。

「わかりました。ありがとうございます」

美奈は、ぺこり、と頭を下げる。

「わたしは自分の理想を押しつけてただけなんですね」

「いいのよ、押しつけて」

細身の女性が、ふわり、と笑った。その笑顔がやさしくて、涙がこぼれそうになる。

「若いんだから、理想で動けばいいの。でもね、それがうまくいかなかったときにどうすればいいのか、そこを考えないと理想は実現できない。あなたはどうしたいの？　このケーキで勝負したいなら、ここではないどこかへ行った方がいい。それはもう、あなた自身が一番よくわかっているわよね」

お客さんがいないんだから。

つづくであろう言葉をのみこんでくれたのは、きっと彼女のやさしさ。

「もう少しで子供が産まれるんです」

ぽろっと、そんな言葉がこぼれた。二人は、え？　というふうに美奈を見る。

「あなたに？」

「はい。おなかは目立たないんですけど、そろそろ臨月です」

「それなのに引っ越してきて喫茶店を？」

「いろいろありまして」

本当にいろいろと。

「人生っていろいろあるわよね」

ふくよかな女性が遠い目をした。

「これからもいろいろあるわよ」

細身の女性も遠い目になる。

人生の先輩たちは、いったいどんな経験をしてきたのだろう。

「でも、どうにかなるわ」

「うん、どうにかなる。あたしたちが保証する」

もう無理だった。こらえきれなかった。

美奈は顔を押さえて、嗚咽《おえつ》を漏らす。

どうにかなったらいい。

子供のこともお店のことも、そして、それ以外のことも。

全部どうにかなって、いつか年をとって、いまの美奈みたいに迷っている年下の子に、どうにかなるわよ、って言ってあげたい。

「こういうときに生ビールとかウイスキーとか欲しいわよね。飲みながら話すの」

「この子、妊娠してるのに？」

「あ、だめか。子供産んだのなんてはるか昔だから忘れてたわ」

「普通は忘れないでしょ」

「だって、子供たちは帰ってこないじゃない。いたっけ？　産んだっけ？　って思うわよ」

「そうは思わないけど、たしかに子供たちは帰ってこないわね。お正月ぐらいかな、顔を見るの。ま、子供たちもみんな家庭を持ってるしね。お正月だけでも会えたらいいわ」

「そうね。おたがいに元気だったらそれでいいわね」

美奈が泣いていることをまったく気にせず、二人で話していてくれる。それが彼女たちなりのやさしさなのだとちゃんとわかる。

ここで、こういう人たちを相手にお店をやりたい。

心から、そう思えた。

ケーキと紅茶じゃなくていい。いろいろある女性たちが、ちょっとでも息抜きできるような場所を作りたい。

そのためには、すべてをがらっと変えないと。

美奈は鼻をすすって、泣きやんだ。泣いてたって、どうしようもない。一人で子供を育てるんだから、強くならないと。

「明日から、しばらくお店を休みます。子供を産んだら再開します。なので、来てください。おごります」

その間にメニューの変更やら、必要なものを新たに買ったりとか、仕入れ先を探したりとかしないと。

やることはたくさんある。

そして、たくさんあることが嬉しい。

まだ、わたしにはやれることがある。

「いやよ」

ふくよかな女性が肩をすくめた。

「おごられるのは性に合わないの。きっちりお金を払って、言いたいことは言わせてもらう。でも、楽しみにしてるわ。あなた、顔がきりっとしてきた。さっきまで、どんよりだったからね」

「ねー。お店にいる人がどんよりしてると、お客としてもいづらいのよ。いつもにこにこ笑ってる必要はないけど、ある程度は愛想があってほしいわ」

やっぱり、精神状態って表に出るのだ。

おかしい。こんなはずじゃない。わたしのケーキはおいしいはずなのに。どうして、中に入っても何も注文しないで出ていくの。だれも来ない。今日もだれも来ない。もう二度とお客さんが来ないいんじゃないだろうか。

そういったマイナスの感情がたまっていって、雰囲気がどんよりしていたにちがいない。

「もちろん、今日もきっちり払っていくわ。おいくら?」

「千円です」

「高い！」

「本当に高い！　お酒だと惜しくないのにケーキとコーヒーだと惜しい！」

ケーキが五百五十円、コーヒーが四百五十円。東京にいたときは当たり前だと思っていた価格帯だし、ほとんど利益を乗せてはいない。紅茶だといい茶葉を使っているから、もっと高くなる。

いい材料でいいものを。

それも考え直した方がいいかもしれない。意地を張っていたら、お酒を飲み終えて食後にケーキを、とか、最後にコーヒーとか紅茶を、とかいう人も値段を見てやめてしまうだろう。

ここでお店をやりたい。どこまで通用するのか試したい。

だとしたら、方向転換も大事。

文句を言いながらも、彼女たちはきっちりと払ってくれた。その日の売上はその二千円だけ。

翌日からお店を閉めた。

お酒を出すならおつまみも必要だ。生ビールやほかのお酒など、置くものも考えなければならない。妊娠中で日本酒やワインなどの試飲もできない。

だけど、こういうときに過去の経験が役に立つ。

バーテンダーをやっていたときにお酒の勉強は死ぬほどした。とにかくお酒は種類が多い。カクテルも作っていたから、そのレシピも必死で覚えた。

カクテルは女性に受けがいいし、甘いお酒しか飲めない人もいる。逆に辛口で強いお酒が好きな人もいる。

その全部を仕入れることはできない。バーじゃないんだから。だから、基本的なカクテルと生ビールとワインと日本酒と焼酎とウイスキー。もし、再開してお客さんがたくさん来てくれて、ほかにも飲みたいもののリクエストがあれば、追加していけばいい。

おつまみのメニューも充実させたい。

そうやっているうちに、どんどん時間が過ぎていく。

楽しい、と思った。

喫茶店を開く前のわくわくした感じが戻ってきた。

やるだけやって、それでもだめだったらあきらめればいい。いまあるお金は無限にはつづかない。子供を育てる費用もかかる。

すべてのメニューと仕入れ先を決めたあと、子供が産まれた。

はじめて腕に子供を抱いたときに、幸せのあまり涙がこぼれた。

産まれてきてくれてありがとう。

わたしのもとにやってきてくれてありがとう。

全力で幸せにするからね。そのためにお母さんはがんばるよ。

一人でする子育ては本当に大変だった。すべてが未知のことばかり。

どうやっても泣きやまないときに、本当に悲しくなって美奈も一緒に号泣した。自分が母親失格のように思えて、ごめんね、ごめんね、と何度も謝った。

わたしじゃない方がいいんじゃないだろうか。だれかほかの人に育てられたら、こんなに泣かずにいられるんじゃないのかな。

子育ての相談をだれにもできなくて視野が狭くなっていたのだ、といまならわかる。以前の友達とは全員連絡を断ったし、引っ越してきたばかりで新しい友達なんてできない。それに、友達を作るのが怖かった。

もちろん、楽しい瞬間、幸せな瞬間もたくさんあった。アリスのことがかわいくてしょうがなくて、この子のためならなんでもできる、と本当に思っていた。

でも、それとおなじぐらい、だめな母親なんじゃないか、と自分を責めることもあった。アリスが泣き疲れて眠ってしまい、美奈も涙が涸れ果てるぐらい泣いたあとで、ふいに思った。

そろそろお店を再開しよう。

短時間でいいからお店を開けて、アリスと離れる時間を作ろう。その方がいい。きっと、アリスは自分といるのが苦痛なのだ。

アリス以外のだれとも接していなくて、どんどん視野が狭くなっていっていた。産後鬱みたいな状態だったのだろう、とも思う。

この決断はいい方向に動いてくれた。

まずはベビーシッターを探した。アリスは生後二カ月になったばかりで、さすがにお店に連れていくことはできない。保育園に入れるのもなんだかいやだった。

だから、ベビーシッター。

そこで白木と出会った。それは、すごくラッキーだったと思う。

白木にアリスを預けて、お店を見に行った。三ヶ月ちょっと閉めていたので、中はホコリだらけ。少しずつ掃除をして、仕入れ先に電話をして、来てもらう日を決めて、といろいろしながら、一日三時間だけお店で過ごす。

それがとても楽しかった。帰ってきて、アリスの顔を見るとほっとした。会いたかった、寂しかった、かわいい、大好き、としか思わない。

心の余裕が出てきたせいか、アリスが泣いていてもそんなに気にならなくなった。一緒に泣くこともなくなった。夜に抱っこして外を散歩するとアリスが笑ってくれるようになって、こういうこともしてなかったな、と反省した。

家の中で二人でずっと泣いている。

それは普通じゃない。もっと早く、だれかに助けを求めればよかった。

お店を休んで四ヶ月ちょうどで再開した。最初はあまり無理をしないようにお昼の十一時から二時まで。

ケーキは二種類、紅茶の種類もひとつにした。たくさんの茶葉を仕入れても、結局はだれも飲んでくれない。だったら、コーヒーも紅茶も一種類でいい。

そのかわり、お酒の種類をとにかく増やした。まだフルで開けられないから、おつまみは乾きものとか前日から仕込める煮物やおひたしぐらい。余ったら家で食べればいい。

きっと、だれも来ないいんだろうな。

そうは思ったけれど、とにかくお店の中にいることが嬉しかった。

カラン、と鈴が鳴った。

「再開したのね。おめでとう。あんまりおいしくないケーキとコーヒーを再開祝いに食べにきたわよ」

「おいしくなくはないじゃない。スーパーのケーキの方がいいってだけで」

「まあ、そうね」

あのときの年配の二人だ。美奈の目から涙がつぎつぎにあふれる。

この人たちは約束を守ってくれた。

「産後ってホルモンがおかしくなってて、よく泣くのよね」

「泣いたわね。どうして泣きやまないの！　ってこっちが泣いたりね」

ああ、だれでもそういう経験があるんだ。

それを知るだけでも、ほっとする。

「メニュー変わってます」

美奈は涙をぬぐって、新しいメニューを二人に差し出した。

「いまは時短営業なので少ないですけれど、前みたいにフルタイムでできるようになったら、もっと充実させます。何がよろしいですか？」

「生ビール！」

二人の声がそろう。

「かしこまりました」

美奈はビールグラスを取り出して、深呼吸をひとつした。昨日、注ぐ練習はした。バーテンダーをやっていたときから年数もたって、勘を取り戻すのが大変だったけれど、どうにかうまく入れられるようになった。

ここの生ビールはおいしい。

そう思ってもらえたらいい。常連さんになってくれなくても、あのとき、美奈が救われたことは事実で、そのお礼をしたかった。

精魂込めて、というのが大げさじゃないぐらい神経を張りつめて、美奈はビールを注ぐ。泡と液体の部分が三対七の黄金比になってくれた。見た目はとてもきれいだと自分でも思う。

美奈は緊張しながらテーブルに運んだ。

「え、ちゃんとしてる」

「ホントだ。きれいなビール」

二人はまじまじとグラスを見て、それから、ごくり、と飲んだ。

「おいしい！　味もちゃんとしてる！」

「これ、すごくおいしい！」

「樽を開けたてですから」

昨日、樽を入れてもらったばかりだから、ビールそのものがおいしい。

「ううん、入れ方よね。ほら、樽で持ってきたりするでしょ？」

「え？」

何がだろう。

「そうそう。宴会のとき、ビールの樽担当っているわよね」

「ね」

…そうなんだ。さすがに、そういう宴会は聞いたことがない。でも、たしかに、人数が多いと樽ひとつぐらいなら飲めてしまう。

「みんなで好き勝手に入れるんだけどさ、まー、だれがやってもうまくいかないの」

「あれ、むずかしいのよね」

Tinke

「泡だけが多くなったり､逆に泡がまったくなかったり。自分たちでやったことがあるからわかる。このビールはすごい。ちゃんと入れ方を知ってるのね」

「そういう仕事もやっていたんです」

嬉しい。ちゃんと認めてもらえた。

「え、だったら、このカクテルとかも既製品を買ってきて移すとかじゃなくて、自分で作るの？」

「はい、もちろん」

「すごい！　最初からこれを出せばよかったのに。あのね、お酒にはお金出すのよ、みんな。こないだ言ったと思うけど。ケーキとコーヒーに千円は出したくないけど、お酒二杯飲んで千円なら、ほいほい出すの。そのぐらい、お昼に飲みたいときってあるのよ。このあたり、のんべえ多いしね」

「多いね。男も女もみんな酒豪って言われてるもんね」

「ねー。宴会になるとすごい量のお酒を消費しちゃう」

「つぎの日の缶と瓶と樽の量がとんでもないよね」

「だから、ゴミの日の前にしか宴会しない」

「そうそう。そのまま出せるように」

「いまはその宴会もしてないけどさ」

「旦那がいなくなるとしないよね。だから、あたしたちは飲み歩くの」

なるほど。

二人は旦那さんに先立たれたのか、離婚したのか、とにかく独身であるようだ。そういった情報も頭に入れる。接客業の基本だ。

水商売をやっていたころのことを思い出していく。

「生ビールがおいしいから通うわ。知り合いに宣伝もしておいてあげる。できるだけ長く、このお店がつづくようにね」

「ありがとうございます」

再開したら来てくれる。

その約束をきちんと守ってくれた人たちだから信用する。それでもだめなら、美奈の力不足だ。そのときは、きっぱりとお店をあきらめる。

そうはならなかった。

翌日、彼女たちが友人を連れてやってきてくれた。その翌日も、その翌日も、その翌日も。

つぎの週ぐらいから、自然とお客さんが増えてきた。アリスが生後半年ぐらいになったら開店時間を戻そうかと考えていたけれど、再開して二週間でもとに戻した。そうしないと、お昼すぎにやってくるお客さんが短時間しか滞在できないからだ。

近隣の人たち向けにランチも始めた。そうすると、もっとたくさんの人が来てくれるようになった。ケーキもぽつぽつと出るようになった。紅茶とコーヒーはランチのサービスタイムにしか出ないけど、それはそれでいい。ある程度の量が出るなら、仕入れる意味はある。

生ビールがおいしい。カクテルがおいしい。ほかのお酒もちゃんとしてる。そして、そんなに高くない。

そういう評判が広まって、あっという間に忙しくなった。その状態がもう三年近くつづいている。利益はきちんと出ているし、それだけで生活できる。

その恩人二人はほぼ毎日来てくれる。お礼をしたい、と何度も言っても、そのたびに断られる。

自分たちが欲しいお店を作らせただけだから。

笑って、そう言ってくれる。

たまに生ビール代をおごろうとお勘定を安くしても、かならず気づかれて怒られる。

そういうことをしちゃだめ。お店を経営するならシビアにいかないと。あと、だれかだけがサービスされることをほかのお客さんはいやがるわよ。

いつも納得することしか言われなくて、恩返しができないまま。

美奈にできるのは、せいぜい、おいしい生ビールを入れることぐらい。

でも、それが一番喜んでもらえるかもしれない。

「ここのビールは本当においしいね」

しみじみとつぶやくふくよかな女性がカナさん。細身の女性がユカさん。どういう字を書くのかは知らない。たまたま、おたがいが呼び合ってるのを聞いて覚えただけ。

「ホントにね。この時間は人がいないから落ちつけるしいいわ」

夕方四時ぐらいはちょうどお客さんがいなくなる時間帯だ。

主婦の人たちは夕食を作るために帰るし、仕事帰りにふらっと寄ってくれる女性たちはもうちょっとあとにやってくる。

店内にはあと一人しかお客さんがいない。

一人でも入りやすいお店にしたい。

それは再開してから、ずっと考えていた。

アリスが産まれて、ずっと一緒にいるのが当たり前で、それはとても幸せなことなんだけれど、一人になりたいな、と思うことは正直ある。それはきっと、どんな人でもおんなじなんじゃないだろうか。

だから、一人でぼーっとできる場所を提供したい。

おひとりさま大歓迎、みたいな貼り紙をしたら逆効果な気がするし、かといって、中に入ってみないとどういう雰囲気かわからない。

こういうときは口コミだと思って、来てくれたお客さんにさりげなく、お一人でも大丈夫なんですけどね、あんまりお一人で来られる方がいなくて、怖いんでしょうかね、みたいな遠回しな宣伝をしていたら、いつの間にか一人客が増えてくれた。

ここに来てからやりたかったことは、ほぼすべてできている。

いまの生活がとてもとても幸せだと思う。

このまま穏やかに暮らしていきたい。

お世話になった二人の女性客は今日もたくさん飲んで、ちょっと食べて、きっちりお金を払って帰っていった。いつかお礼ができればいいな、と思いつつ、ずっとこのままな気がする。

六時を過ぎると、女性の一人客が増える。友人と二人で、というお客さんの方がめずらしくなる。酒豪の地域だというだけあって、ちょっと帰る前に、とお酒を飲んでいく。おつまみはあんまり食べない。

ここの人たちはお酒にならお金を出すの。

その言葉は本当だったんだな、と実感している。

八時になるとお店は終わり。六時には白木がアリスを迎えにきて家でごはんを食べさせてくれるから、そんなに急がずに後片づけができる。つぎの日の仕込みもあるから、八時に帰れるわけじゃない。九時か遅いときは十時前に家に着く。アリスが起きていて、その寝かしつけをしていたら、ほぼそのまま一緒に寝てしまう。

その瞬間も幸せ。

うん、毎日がとっても幸せ。

「さて、帰ろう」

やり忘れたことがないか点検をして、お店を出た。

「美奈」

また、その声がした。

いなくなったはずだった。もしかしたら幻想だったのかもと思っていた。

営業時間中は忙しくて、絢一のことはすっかり忘れていた。

それなのに。

「帰って」

それを言うだけなのに、声が震えている。

体も震えている。

「お店が始まる前に会いにきたのは悪かった。気が急いてた。だから、お店が終わるまで待ってたんだ」

まったく話が噛みあっていない。

そういうことを聞いているんじゃない。

帰って、と言っているのだ。

「美奈のことをどうしても忘れられなかったんだ。なあ、これまでのことを忘れて、またやり直そう」

これまでのことを忘れる？　やり直す？

そんなことできるわけがない。

「あら、美奈ちゃん」

そこに近所の人が通りかかった。

「お知り合い？」

不審そうに美奈に声をかけた相手を見ている。こうした小さな町では、知らない人がいるとすぐに知れ渡ってしまう。

「あ、はい、高校の同級生が遊びにきてくれて、お店の自慢をしてたんです」

「あら、そうなの？」

あんまり信用していない。美奈の様子がおかしいのがばれているのだろうか。

早くここから去らなければ。変な噂《うわさ》をたてられると困る。

「いまから、家に来てもらうところです。ね、絢一？」

親しげにそう呼んだ。

そのことで、胸がずきんとする。

ただ名前を呼ぶだけで、こんなにも胸が痛い。

忘れたはずなのに。

すべて置いてきたはずなのに。

どうしてだろうか。

「こんにちは。美奈さんの高校のクラスメイトです。出張でこっちに来てまして。脇坂絢一と申します」

こういうとき、絢一はそれなりの対応をしてくれる。美奈を困らせたりはしない。

そこはちゃんと信頼している。

「あら、そうなの。同い年なのね」

「そうですね」

本当は絢一がふたつほど年上だけど、この年代だとそこまでの差はないはずだ。いくらでもごまかせる。

「そうなんです。さ、絢一、行こう?」

家に呼ぶつもりはない。だって、家には…。

あ、そうだ。

美奈は思いついた。

絢一に現実を見せればいい。

そうすれば、きっとあきらめる。

美奈の作り話をあのとき信じたように、今回もきっと信じてくれる。

「うん」

絢一が嬉しそうに笑った。
その笑顔が好きだった。
ううん、いまも好き。
だけど、どうにもならない。
わたしたちは結ばれない。
だから、あきらめて。
お願い。

第四章

「ただいま」

美奈がドアを開けると、白木が出迎えてくれる。

そのことに、毎日とてもほっとする。

帰ったときにだれかが家にいてくれるのは幸せなことだ。

だけど、今日は…。

「おかえりなさい。…おや」

白木が絢一を見て、驚いたような表情を浮かべた。当たり前だ。ここに引っ越してきてから、白木以外のだれかを家に入れたことはない。

知り合いや友人は作ったとしても、友達と呼べる人は作らない。

そう決めていた。

ここを定住の地にしよう、といまのところ思ってはいるけれど、そんなに簡単にいかないことはわかっている。

絢一に居場所が知られた。ということは、ほかの人にも知られてしまうかも。

一番会いたくない、あの人にも。

何をするかわからない、あの恐ろしい人に。

また引っ越さなくてはならないかもしれない。

絢一に会ってすぐにそのことが思い浮かばなかったのは、美奈も動揺していたからだろう。

「友人がたまたま近くにきたみたいで、うちに寄ってもらったの。本当にひさしぶり。四年ぶりぐらいかしらね？」

絢一を見て、にこっと笑った。絢一も、そうだね、と笑顔を浮かべる。

「あら、そうなんですね。それでは、私はおいとまさせていただきます。また明日」

「明日もよろしくお願いします」

美奈はぺこりと頭を下げた。白木は荷物を持って、いつものように帰っていく。

明日、このことが噂になっているだろうか。それとも、黙っていてくれるのか。

そういうことはよくわからない。

そういえば、喫茶店の前でも知り合いに会った。あの人が話したのか、白木が話したのか、それもわからなくなる。

でも、どっちでもいい。

こういった町では噂が回るのは早いのよ。

お客さんをたくさん連れてきてくれたユキが、いつかそう言っていた。そして、お店はその噂に助けられた。

こういうときだけ噂を止めたいと願ってしまうけれど、それはただの美奈のわがままだ。

絢一は玄関をあがったところで、ただ立っている。美奈もどうしようか悩んでいる。中に入るようにすすめた方がいいのか、そこにいてもらう方がいいのか。

だけど、やっぱり玄関先で立ったままだと話しにくい。

「お茶でも出すから、中に入ってて。適当にソファか椅子に座っててちょうだい」

玄関をあがってすぐ右に洗面所とお風呂場、左がトイレ、そのまままっすぐ進むと右手にキッチン、正面にリビング、リビングの左側に洋室と和室がひとつずつの2LDKだ。この広さで五万円。東京にいたときは考えられない安さに、最初は事故物件か何かじゃないかと疑ったけど、このあたりでは相場の家賃らしい。

洋室を子供部屋にして、美奈は和室にベッドを入れている。

アリスが二歳になったときに断乳すると同時に寝室を分けた。アリスは寝つきがよくて眠りも深い。たまに夜泣きするけれど、それ以外はぐっすり眠ってくれる。美奈は家に帰ってからも細々とした仕事が多く、横になってからもふと新メニューを思いついてスマホをいじったりするので、そういうのをアリスの横でやるのもどうだろう、と考えた結果だ。

眠っているとはいえ、もしかして、スマホの明かりを感じているかもしれない。それがうっとうしいと思っているのかも。

考えすぎかもしれないけれど、いつかは別々に眠るのだ。それなら、早い方がいい。美奈が子離れできなくなる。

自分一人の子育てなので、まちがったことをしているかもしれない、という恐怖はいつでもある。

それでも、決めるのは美奈しかいない。

その恐怖を抱いたまま、いつも真摯に選択しているつもりだ。

絢一は、おじゃまします、と頭を下げて、リビングに入ってきた。

「きれいにしてるね」

「そうかしら」

そういえば、子供がいる部屋にしてみたらすっきりしているかもしれない。アリスのおもちゃは全部アリスの部屋にある。リビングで遊んでいても、寝る前にすべて自分で部屋に持っていくのだ。

だれも取らないよ、と笑いながら言っても、持ってくのー！　と元気に答えられる。

たぶん、寝る前におもちゃが自分の周りにあるのが幸せなんだと思う。寝顔をのぞくと、いつも嬉しそうな顔をしている。

美奈は緑茶を入れた。コーヒーも紅茶も家では入れたくない。熱湯で出してもいい安い玄米茶を買って、それをよく飲んでいる。

断乳をしてしばらく時間がたっているのに、まだお酒は飲んでいない。やっぱり、すべて一人、というのが枷《かせ》になっているのだろう。

もうちょっとしたら、アリスを幼稚園に入れる。そのときになってようやく、お酒を飲む気持ちになれるのかもしれない。

お湯が沸いて、それを急須に注いだ。湯呑《ゆの》みをふたつ、リビングに持っていく。絢一はちょこんとソファに座っていた。

その座り方がなつかしくて、ふいに涙がこぼれそうになった。

この人のことが本当に好きだった。愛していた。

いまはどうなのか、もうよくわからない。

ことん、と湯呑みを置くと、絢一がそれを持った。

「ありがとう」

絢一が一口飲むのを待って、美奈は聞く。

「どうして、ここがわかったの？」

東京から引っ越すときに、なんの痕跡も残さないためにすべてを捨てた。友達や知り合いもだけれど、家にあった家具もすべて処分してもらった。体ひとつでここにやってきた。

そして、何よりもあの人のことを信頼していた。

絢一には探させないし、私も探さない。それは約束する。だから、ここじゃないどこかへ行きなさい。そうじゃないと、何が起こるかわからないわよ。

目的のためなら手段を選ばない。その人が約束したことだ。

守るとわかっていた。

だから、二度と会えないのだと。

思い出すたびに泣き崩れた日々は、もうはるか遠い過去のように思える。

「調べた」

…嘘でしょ。

脇坂家が調べようと思えば、美奈の居場所なんてすぐにわかる。

それをやらせない、とあの人は誓ったのだ。

美奈と絢一がこれから先、けっして会うことがないように。気に入らない美奈を遠くへ追いやりたいがために。

「お母様はお元気なの？」

脇坂佐江子《さえこ》。絢一の母親。

この状況を作った悪魔のような女。

絢一に二度と会えないと思うと悲しくて悲しくて身が引きちぎられそうだったけれど、佐江子に二度と会わなくてすむと思うと心の底からほっとした。

そのぐらい、美奈にとってはいやな相手。

もしかして、亡くなったのかもしれない。だから、絢一が美奈の居場所を調べられるようになったのかも。

もし、佐江子が亡くなったら、絢一ともとに戻れる？

そんな淡い期待はすぐに消えた。

「あいかわらず元気だよ」

…でしょうね。憎まれっ子世にはばかる、って言葉もあるぐらいだし。

「美奈は元気かい？」

やわらかい声。やさしい口調。

美奈が大好きだったもの。

それを奪われた。

あの人に。

悪魔のような、あの女に。

「ねえ、あなた、妊娠したでしょ」

佐江子にそう言われたとき、美奈はとっさに否定しようとした。

佐江子が美奈をきらっていることはわかっている。それを隠そうともしていないし、美奈がいるととたんに不機嫌になる。

だから、絢一の家には来たくない。なるべく外で会うようにしているのだけれど、デートの最中に絢一が、ちょっと家に寄らなきゃ、と言い出したりすると、それはもうしょうがない。美奈も絢一についていく。

佐江子が家にいなければいい、といつも願っている。出かけていることも多いという話なのに、なぜか、その願いはほとんど叶《かな》わない。佐江子の運は美奈のそれよりもはるかに強いのだろう。

車の中で待っていてもいいのだけれど、それだと運転手と二人きりという気まずさがある。運転手は美奈に話しかけてきたりはしない。絢一が戻ったときにいつでも出発できるように、運転席に座っているだけだ。

それでも、運転手の存在を無視して車に居座るというのがどうしても居心地が悪い。何か話しかけなきゃ、と思ってしまうし、実際に車に残るとどうでもいいことを聞いてみたりする。

運転手だってちょっとは休みたいと思っているだろう。美奈が降りてくれれば自分一人の時間が持てるのに、と不満を感じているにちがいない。

そんなふうに考えてしまうからこそ、車を降りて玄関ホールで待つことにする。

そして、佐江子に出会うのだ。

絶対に会いたくない人に。

「答えなくてもいいわ。わかるもの、そういうの」

佐江子は家の中だというのにきちんとお化粧をして、髪をセットして、部屋着ではなく外出着のような格好をしている。いつ会ってもそうだ。

「いつ？」

「えっと…あの…」

まだ妊娠しているかどうかはわからない。生理は来ていないけれど、遅れているだけかもしれない。生理はいつも順調だから遅れることがとてもめずらしいとはいえ、最近は悩みもあって精神的に追いつめられている。

そのほとんどを占めている人が目の前にいて、笑顔で、いつ？　と予定日を聞いてくる。

ホラーなのかな、とぼんやり思った。

わたし、いつの間にかホラーの世界に迷い込んだのかも。

「こっちでお医者さんを探すわ。いつがいいか言って。来週？」

何を言ってるんだろう。

美奈は眉をひそめる。

佐江子の言葉の意味がよくわからない。

来週、何をするつもり？

「早ければ早いほど、あなたの体への影響も少ないのよ。あ、腕がたしかな先生をきちんと探すわ。別に、あなたが今後妊娠しないようにしたいわけじゃないし」

意味がわからない。

ちがう。

意味をわかりたくない。

「え、まさか、産むつもりじゃないわよね？」

もちろん、妊娠していたら産むつもりだ。まだ妊娠したかどうかの判定をできる時期でもないから、時間がたつのを待っている。その間に生理が来ても、残念だったと思うしかない。

はじめてのときから避妊をしていない。いつかは妊娠すると思ってはいた。

あのあと、絢一はきちんとプロポーズをしてくれた。ホテルのすてきな部屋で、指輪を持って、ひざまずいて、こう言ってくれたのだ。

結婚しよう。美奈とこの先の人生を過ごしたい。美奈と一緒に幸せになりたい。

美奈は涙ぐみながら、わたしも、と答えた。

親に捨てられて、愛がわからなくなった。

祖母に拾われて、愛を取り戻した。

そして、絢一に出会って、本当の愛を知った。

だから、この人と結婚する。

よろしくお願いします、と頭を下げた。

美奈と絢一にとっては、結婚することも子供を持つこともとても自然なこと。結果がわかって絢一に報告したら喜んでくれる。

なのに、その前に佐江子に気づかれた。

どうなるんだろう。

ぞくり、と背筋が震える。

いい未来がまったく思い浮かばない。

そのぐらい、この人は怖い。

「結婚はさせないわよ」

佐江子はうすく笑う。その笑顔がものすごい恐怖を運んでくる。

「あなたのことを調べたの。水商売をしてたんですってね。ごめんなさいね。どんな理由があれ、うちの籍に入るにはそんな過去はだめなの」

「お金がなかったからです」

美奈は淡々と答えた。

この人に何を言ってもムダなのだと知りながら。

「高卒の派遣社員なんて本当にお給料が安くて、それだけで暮らしていけなかったので水商売でバイトをしていました。あの当時、十八歳の女の子が派遣社員をしながら働ける場所を与えてくれたお店にはいまでも感謝しています。わたしには家族がいないので、頼れる人もいません。全部一人でやってきました。その選択を後悔していません」

うん、後悔なんてしていない。あのとき、あのお店がなかったら、派遣をつづけられたかどうかわからない。あまりの給料の安さにめげて、別のところを探していたかもしれない。そうしたら、いまの会社で正社員にもなれなかった。派遣先を転々としながら、まだバーテンダーをやっていた可能性もある。もしくは、完全にバーテンダーにスライドしていたか。

バーテンダーの時給はとても高かったし、ママさんにもかわいがってもらっていた。月給としては派遣よりもはるかに高かった。保険とかがきちんとつく固定給でスタッフとして働かないかと打診されたら、引き受けていたかもしれない。

全部、もしも、の話だ。

佐江子は、あーあ、とあくびをしている。

「あ、ごめんなさいね。あなたの話はひとつも聞いていなかったわ」

嘘ばっかり。聞いていても聞いていないことにしたいだけ。

「とにかく困るの」

佐江子は肩をすくめた。

「ケーキを焼くのが大好きなお嬢さん、っていうイメージで絢一の友達にすり寄っているみたいだけど、そういうのもやめてちょうだい。みんな、口でほめてるだけよ。持ってこられたものは、あとから捨ててるの」

それでも別にいい。

美奈は絢一のためにケーキを焼いている。絢一がおいしいと言ってくれたら、それで満足だ。

絢一の友人たちに陰で何を言われていようと気にならない。

「あなたが水商売をやっていたと知ったら、みんな離れていくわよ」

そんなの、全然かまわない。正直、生まれも育ちも全然ちがうお金持ち集団の中にいても、居心地が悪い。

美奈がそばにいてほしいのは絢一だけ。

その絢一が、ぼくの友達に会ってよ、と言うから、そこにいる。

絢一の望みなら、なんだって叶えてあげたい。

「お待たせ。おや、母さん。どうしたの？　今日出かけるんじゃなかったっけ？」

「いまから出かけるわよ。その前に美奈さんにごあいさつをしていたの」

「あ、そうなんだ。ぼくたちはオペラを見に行ってくるよ」

「そうなの。楽しんでちょうだい」

美奈をちらりと見たその表情には、あなたにわかるのかしら？　と書かれていた。

わかるとは言えないけれど、楽しいとは思っている。美奈が楽しくないところに絢一は無理やり連れていったりしない。

これまでの環境の差は当然あって、美奈が興味があるけれどもいけなかったところ（おもに金銭の問題で）に、絢一が積極的に誘ってくれるのが嬉しい。

これは楽しかった、今日のはちょっと無理。

そんなことをたくさん話しながらごはんを食べて、高級ホテルのスイートルームで愛を交わす。

そんな日々がまるで夢のように幸せで、きっと長くはつづかない、といつもどこかで怯《おび》えていた。

だから、結婚を申し込まれたときも嬉しかったし泣いたけど、無理なんじゃないか、という気持ちはいまも心の片隅にある。

だって、佐江子がいるのだ。

美奈のことが大きらいで、もしかしたら憎んでるぐらいの感情を抱いているかもしれない人。

結婚するなんてなったら、絶対に妨害される。

「うん、楽しんでくるよ。美奈といるとね、いろいろな発見があるんだ。毎日楽しいよ」

ぴきっ、と音がするんじゃないかと思うぐらい、佐江子の顔がこわばった。なのに、絢一はまったく気づいていない。

そういうところがすごく好き。周りの感情に振り回されないし、人の意見に左右されない。

自分は自分。

その考えをきっちりと持っている。

だけど、と思う。

だけど、佐江子に関してはもうちょっと気づいてくれないだろうか。

佐江子の毒に当てられなかったから、こんなにもおおらかに育ったのはわかっている。それはとても奇跡的なこと。

だけど、だけど、だけど。

…しょうがない。こんな母親を持つ人を好きになってしまったのだ。

いつも、そこに戻ってくる。

絢一を好きな間は佐江子とうまくつきあっていくしかない。

いつまで？

もしかしたら一生？　美奈か佐江子のどっちかが死ぬまで？

そんなふうに考えて、ため息をついて。

いやだな、と思う。

佐江子と顔を合わせるたびに、自分の性格が悪くなっていく気がする。

何を言われても、笑顔で、はい、と言っていればいい。そうですね、おっしゃるとおりです、と佐江子の言うことを肯定していればいい。

それがわかっていてもできない。

だって、佐江子の言うことはおかしい。

絢一を結婚させないなんて、それは佐江子が決めることじゃない。そもそも絢一は三男で、脇坂家を継ぐ立場にはない。

結婚したらこの家を出ていく、と言っていた。

だから、結婚することにためらいはなかった。

長男も次男もすでに結婚して、この家にはいない。佐江子と絢一の父親と絢一だけが住んでいる。

ただし、絢一の父親には一度も会ったことがない。絢一に聞いてみたら、海外に住んでいてほとんど帰ってこないのだという。

海外に？　どうして？

そう尋ねると、ぼくにもよくわからないんだよね、と首をかしげていた。一年に一度、クリスマスの時期にだけ会うらしい。普通はお正月に集まるものだけれど、絢一の父親が住んでいるところはクリスマスがお正月に当たるようで、みんなが家族に会いに帰る。だから、絢一の父親も帰ってくるのだ。

そうなんだ、と思った。

お正月もクリスマスも家族のイベントはまったく関係なくなって、普通に過ごしている美奈からすると、みんなが集まる機会があるのはうらやましい。佐江子はあんな人だけれど、家族にはやさしいのだろう。だから、クリスマスにみんなが帰ってくる。

「そうなのね。じゃあ、いってらっしゃい」

絢一の口から美奈の話をこれ以上聞きたくないのだろう。

そう考えるぐらいには、佐江子について不審感を抱いている。

「いってきます」

ひらひらと手を振る絢一の横で、美奈は、ぺこり、と頭を下げた。

ようやく佐江子から逃れられる。

これからしばらくは車の中で待っていることにしよう。絢一がいない間に、また何を言われるのかわかったものじゃない。いまは大事な時期なんだから、精神的にダメージを受けたくない。

たぶん妊娠している。

そんな確信があった。

初期も初期、検査すらできないぐらいの時期は何が起こるかわからない。安定期に入るまでは佐江子に会いたくはない。

早く絢一に教えたい。

きっと喜んでくれる。

絢一と子供と三人で家族になれる。

それは、美奈が望んでいたこと。

絢一とつきあうようになって二年。

もう二年、という気持ちも、まだ二年、という気持ちもある。

それでも、絢一となら幸せになれると確信していた。

結婚しても仕事はやめない。それが結婚するための最低限の条件。

いくら愛し合って結婚したとしても、将来どうなるかはわからない。そのときに経済的に自立していなければ、美奈の人生は詰む。

絢一は、もちろん、と受け入れてくれた。

仕事をしたいならしていいよ。一人で家にいても退屈だろうからね。

美奈のやりたいことに反対しない。たくさんお金を持っているからぼくに養われなさい、なんてことを言い出さない。

美奈には美奈の考えがある。

それをきちんと尊重してくれる。

佐江子にいやな思いをするのはあと少し。一年に一度のクリスマスにはまたいろいろ言われるだろうけど、そんなの聞き流しておけばいい。

わたしは絢一と幸せになる。

つくづく甘かった。

佐江子のことを甘く見すぎていた。

幸せになる日なんてこなかった。


「わたしは元気よ」

美奈は過去の思い出を頭から追い出して、にこっと笑った。

「絢一は?」

「元気じゃないよ」

絢一は寂しそうな表情を浮かべる。

「あら、大変ね」

やめてほしい。そんな顔をされたら、心配になる。

絢一のもとを去って、もう四年が過ぎようとしている。

忘れられる。

そう思っていた。

いまはこんなに苦しいけど、時間がたてば忘れる。両親の離婚も、両親に捨てられたことも、祖母の死も、すべて乗り越えてきた。

人間は忘れる生き物。

その言葉は本当なのだと実感していた。

両親のことは思い出さないどころか、顔や声すらあやふやになってきている。小学校のころ別れたきりの母親なんて、もしかしたら、すれちがっても気づかないかもしれない。父親だって怪しい。

祖母のことは、いまでも覚えている。

会えなくなって十年がたつと、どういう声だったのかは思い出せなくなってきたけれど、写真はいまだに大切にしているし部屋にも飾ってある。

祖母の笑顔がいつでも思い出せるのは、とても嬉しい。祖母が死んだ悲しみはいまはなくなって、祖母と二人の生活をいろいろ思い出しては幸せな気持ちになる。

そうやって、いやなことは忘れていくのだと思っていた。

絢一との別れは人生で一番悲しいことのひとつで、だけど、結婚できるなんて夢を見たのがまちがいだったのだ、とそう自分に言い聞かせた。

絢一はお金持ちの息子で、美奈は天涯孤独の身。親から捨てられてもいる。

そんな人を脇坂家が嫁に迎えるなわけがない。

だから、大丈夫。いまはものすごく胸が痛くて、苦しくて、涙がとまらないけど、そのうち忘れられる。

新しい恋もできるはず。

なのに、絢一がこうやって現れて、元気がない、と言っただけで、なんでもしてあげたくなる。

絢一のためにケーキを焼いたら、昔みたいに喜んでくれるだろうか。

そんなことを考えてしまう。

絢一が美奈のケーキを喜んで食べてくれることはない。

そんな日はもう二度と訪れない。

「美奈はもう割り切ってるんだね」

絢一の顔がますます寂しそうになる。

「ぼくが、やり直そう、って言ったときに困ったような顔をしていた」

そういえば言われた。絢一がやってきた衝撃が強すぎて、すっかり頭から抜け落ちていた。

どうやら、思っている以上に動揺しているらしい。

「あのね、うちに呼んだのは理由があるの」

現実を見せればいい。それだけで、絢一は自分のもとから去る。

最初は美奈が去った。

つぎは絢一の番だ。

そして、もう二度と美奈の前に姿を現さない。

…二度と会えない。

それでいい、と思っていたはずだった。

いろんなことを考えて、それでも、この道を選んだ。

それ以外に選べなかったとしても、絢一を捨てる選択をしたのは美奈だ。

そこに言い訳なんてない。

だから、捨ててくれていい。

やり直したい、なんて言わないでほしい。

「なんだい？」

やさしい声、やわらかい口調。

美奈が大好きだったもの。

……いまでも大好きなもの。

「こっちに来て」

美奈は立ち上がって、絢一を手招いた。絢一は不思議そうな表情で美奈についてくる。

美奈はアリスの部屋を開けた。ちょこん、と布団の上に寝ているアリスの姿が見える。

かわいい。

うちの子は本当にかわいい。

「え……？」

絢一がとまどったような声を出した。

「わたしの子供」

「いつ……？」

「二年前」

本当は三年前だけど、それだと絢一の子供かもしれないと思われてしまう。

絶対に会ってない時期を選ばないといけない。

「結婚したの？」

「してない」

「お父さんは？」

「わからない」

美奈は肩をすくめた。

「ちょっとね、いろいろあって。何人かと同時につきあってたの」

それの何が悪いの？　と考えているように見えればいい。だらしない女、なんてやつとやり直そうとしていたんだ、と、絢一に思ってほしい。

「シングルマザー？」

「そうね。そういうことになるわ」

アリスの戸籍に父親の名前はない。そのことだけはアリスに申し訳ないと思う。

「名前は？」

「アリス。かわいいでしょ。顔もかわいいの。わたしにそっくりで」

ふふっと笑う。

アリスのことだと自然に笑える。

うん、わたしは大丈夫。

「美奈に似てるならかわいいよね」

「そこは冗談なのに」

美奈の言葉に絢一は首を振った。

「美奈はかわいいよ。ぼくが知っている中で一番かわいい」

こういうことを臆面もなく言う人だった。

顔が赤くなっていないといいけど、と思いつつ、美奈は子供部屋のドアを閉める。

「わかったでしょ?」

美奈は絢一に向き直った。

「わたしには子供がいて、がんばって子育てをしている。あなたの子供じゃないの。わたし、そういう女なの」

ちくちくと胸が痛い。

嘘をつくのはきらいだし、なるべく嘘はつきたくない。子供を育てる上で、それは大事なことだと思っている。

だけど、これは嘘をついた痛みじゃなくて。

絢一を傷つけているようで自分もおなじぐらい傷ついている痛み。

あなたの子よ。

そう言えたら、どんなにいいだろう。

全部説明して、もとに戻れたら。

そんな夢を何度も見た。すべてがうまくいく夢。

だけど、起きたら、そんな現実はどこにもなくて。アリスが生まれる前も生まれてからも、しばらくは起き上がれずに泣いてしまう。

最近はそんな夢も見なくなった。絢一と別れてから四年弱がたとうとしていたし、アリスも無事に三歳になった。

あのとき二十四歳だった美奈は、そろそろ二十八歳になる。絢一は美奈のふたつ上だから、三十歳。

そうか、出会ったときには二十代だった絢一も三十歳になったのか。

「結婚してないなら、ぼくにもチャンスがあるってことだ」

「え？」

何を言ってるんだろう。さっきから全然話が通じていない気がする。

「父親のわからない子供がわたしにはいて、親子二人でがんばっている。そこに、あなたの入る隙間なんてない」

「しばらく一緒に暮らしてみないか？」

どうして、そうなるの？

本当に本当に本当に意味がわからない。

「あなたは結婚してないの？」

「してない」

「してたことはある？」

どうして、そんなことを聞くのだろう。

ない、って言われたら嬉しくなる。

ある、って言われたら悲しくなる。

だけど、それを責める資格は美奈にはない。聞いてもどうにもならない。

胸に引っかかる。

それだけでしていい質問じゃなかった。絢一だって、美奈が自分に興味があるのだ、とわかってしまう。

周りの人の気持ちや空気にはむしろ鈍感なところがあるのに、美奈の考えていることだけはいつも理解してくれていた。

好きな人のことは昔からちゃんとわかるんだよね。

絢一は笑顔でそう言っていた。

そういうところが大好きだった。

自分の気持ちに正直で、それを言葉にして安心させてくれる。

絢一のそばにいると、いつも安心できていた。

家族がいない。守ってくれる人がいない。だから、自分でどうにかしなきゃ。

そうやって張りつめていた美奈の心を救ってくれた。

この人がいれば大丈夫。幸せになれる。

本気でそう思っていた。

全部、過去形。もう、その頃には戻れない。

絢一を捨てた。

背景に何があろうと、美奈は絢一を捨てたのだ。

たった一通のショートメールで別れを切り出して、そのスマホは壊して捨てた。

だから、絢一からの返事はわからないまま。

この四年間、何をしていたのか、それも知らない。

どうして、今日会いに来たのかもわかっていない。

「ねえ、どうして会いにきたの？」

最初に聞くべきだった言葉を、ようやく口にした。

「美奈だと思ったから」

「何が？」

「今日、結婚式の予定だったんだ。しなかったけど」

だれの、なんて聞かなくてもいい。

絢一の、だ。

「三十歳になったら親の決めた相手と結婚する。だから、それまでは自由にさせてほしい。そう頼んで、本当にそうさせてもらった。三十歳になっても粘ったんだけど、さすがにいつまでもその状況なのは許してもらえなくてね。でも、ぼくは、美奈が帰ってくると思ってたんだよ」

「残念ね」

そう言っている自分の言葉が遠い。

四年間、待っててくれた。

そう考えただけで涙がこぼれそうになる。

美奈が絢一を忘れようと必死だった間、絢一は忘れずにいてくれた。

もう、それだけでいい。
絢一を自分から解放しないと、このまま一人で暮らすことになる。
そんなのだめ。
美奈も絢一も、きちんと自分の道を進むべきなのだ。
ちゃんと別れなかったから、こうなった。
話し合って別れてたら、絢一は美奈を忘れられたはず。
だけど、あのときはできなかった。
見張られていたし、会ったら別れなんて切り出せない。
おなかには絢一の子供がいて、絢一を心から愛していた。
美奈が別れを告げても、絢一は本気にしない。
美奈だって心から別れたいと思ってないから、そんな嘘をつけない。
無事に子供を産む。
そのことだけを考えていた。
そのことしか考えないようにした。
両方を選べないから、子供を選んだ。
させられた選択でも、選んだのは美奈だ。
責めを負うのは美奈自身でしかない。
絢一を選ばなかった。

その時点で、美奈には絢一を取り戻す資格もない。
だから、いま、きちんと別れよう。
絢一のために。
美奈のために。

第五章

ピンポーンとドアホンが鳴ったとき、美奈はニンジンを刻んでいた。

そのときのことを何度も何度も思い出して、どうして包丁を持っていかなかったんだろう、と悔やむ。

訪ねてきた人の話を聞かずに包丁で刺していたら、もしかしていまとはちがう結末になったかも。

そんな怖いことを平気で考える。実際にできないことはわかっているけれど、想像ぐらいは自由にさせてほしい。

日曜は家で常備菜を作る。

それは、絢一とつきあいだしてからも変わらない習慣だ。

美奈はいい奥さんになるね。

そう言われるのが嬉しかった。絢一と結婚したあとに、いまよりもちょっと高級な食材で、いまよりもちょっと高級な料理を作れるようになる未来を想像して、幸せになっていた。

あの瞬間まで、美奈は世界で一番幸せな一人だったのだ。

「はい」

配達してもらうものなどは日曜の夕方に指定している。それしか家にいる時間がないからだ。平日は会社だし、土曜は朝早くから出かけて、日曜のお昼すぎまで絢一といる。絢一が家に送ってくれるのが午後三時。

午後三時のシンデレラだね。

よく、絢一にはそうやってからかわれていた。

なので、配達物の時間指定はいつも午後四時から午後六時まで。

きっと、何かが届いたのだろう。

そう思っていた。

のんきだった。何も恐れていなかった。

玄関を開けたら、そこには佐江子が立っていた。

「え……？」

思わず、そんな声がこぼれた。

「こんにちは。お邪魔しますよ」

佐江子は勝手に家に入り込んでくる。

どういうこと？　どうして、佐江子がうちにいるの？

美奈は混乱した。

何が起こっているのか、よくわからない。

「へえ、こんなお宅に住んでらっしゃるのね。一人なのにきれいにしててえらいわね。働いているんでしょ」

佐江子の言葉のすべてがいやみに聞こえる。

「働きながら家事もして。そういう生活ってよくわからないわ。もちろん、脇坂家に入ったら仕事は辞めるのよね？」

脇坂家に入ったら。

それはつまり、結婚を認めてくれるということだろうか。

「辞めません」

美奈はきっぱりとそう告げた。だけど、まるで遠くから自分の声が響いているみたいに感じられる。

「辞めないの？」

「辞めるつもりはないです。絢一さんとわたし、二人が稼いだお金でやっていきます」

絢一は五つの会社から役員報酬をもらっている。それはかなりの金額で、絢一のお給料だけでやっていけるけれど。

そうはしたくない。

十八歳で故郷を出て、東京で一人で生きてきた。自分のお金ですべてをまかない、だれにも頼らなかった。

それを誇りに思っている。

結婚は、二人で生きていこう、というもの。それは経済的なものも含んでいる。

絢一に背負われたくはない。

「あなたのお給料って二十万円ぐらいよね」

手取りではそのぐらいだ。それにボーナスがあるから、年収だと三百万ちょっと。二十四歳にしたら普通だと思う。正社員になるのが遅かったので、これからちょっとずつあがっていく。贅沢しなければ、特に困らない。社会保険は手厚いし、産休もきちんと取れる。

この会社に入ってよかった、と思った。

産休が取れるといっておきながら実際は辞めるしかなくなることもあると聞くけれど、会社には美奈の年齢で産休を取っている人がいる。それを知って、心強くなったものだ。

きちんと従業員の権利を守ってくれている。

それはとてもありがたい。

そう、結局、美奈は妊娠していた。まだ検査薬だけなので絢一には告げていない。週明け、産婦人科に行って、きちんと診断されたら話そうと思っていた。

いまだと妊娠二ヶ月とかなのだろうか。そういうのも病院で教えてもらおう。

安定期にはほど遠いので、まだまだ安心はできないけれど。

おなかの中に絢一との子供がいる。

そう思うだけで幸せになれた。

妊娠を告げたときの絢一はどういう表情をするだろう。

それを想像するのも楽しい。

「それって、うちの運転手の月給にも満たないんだけど」

え、あの人、そんなにもらってるんだ。でも、たしかに運転手は大変。呼び出されたら、いつでも駆けつけなきゃならないし、絢一の用事がすむまでずっと待ってなきゃいけない。事故も絶対に起こせない。かなり気を使う仕事だ。

「使用人も何人もいて、そのどの子よりもあなたの給料が安い。そんな女主人って尊敬されるのかしらね」

「お金を自分で稼いだことのない人よりはマシなんじゃないですかね」

しまった！

美奈は慌てて口を押さえたものの、もう遅い。

佐江子から、すっと表情が消えた。

「あなたと喧嘩をしにきたわけじゃないの」

喧嘩にもならない。力関係ははっきりしている。佐江子の方が強い。

「これは私からの提案。まずは絢一との結婚をあきらめなさい」

「いやです」

美奈は言いたいことを言おうと決めた。

絢一と結婚したら、どうしても佐江子とのつきあいは出てくる。そのときにぶつかるよりも、いまぶつかっておいた方がいい。

佐江子は美奈の言葉など聞こえなかったかのようにつづける。

「子供は私が指定する産婦人科医に任せてほしい」

「どういう意味ですか？」

任せるって、生まれるまで面倒を見てくれるっていうこと？

「どういう意味か、わからないはずがないでしょう」

ぞわり、と背筋に寒気が走った。

すべては言わなくても、つまりはこういうことだ。

子供を始末させてほしい。

口には出さない。だけど、態度でわからせる。

ものすごく卑怯だと思う。

言葉にしなければ、そんな事実はなかった、と思い込めるのだろうか。それとも、自分の気に入らない相手に人権なんてないから好き勝手してもいいし、胸なんてこれっぽっちも痛まないいんだろうか。

どっちにしても怖い。

こんな人と縁戚関係になるなんていやだ。

絢一を愛している。絢一と結婚したい。

その純粋な気持ちを佐江子が壊してしまっている。

「そのかわり、このお金を差し上げるわ」

佐江子がすっと貯金通帳を出してきた。ダイニングテーブルの上に置かれる。

「開けてみて」

美奈は震える手でそれを取って、ぱっと開いた。

一瞬、金額がよくわからなかった。ゼロがたくさんあって、指で数えてもよくわからない。
一、十、百、千、万、十万、百万、千万、一億。
何度数えても、そこまでいく。もしかしたら単位がまちがっているかもしれない、いまの混乱した頭ではちゃんと数えられていないのかもしれない。

そう考えて、また指を折る。

それでも、そこに表示されているのは一億という大金。

「きちんといろんな処理はしたから、税金は引かれないし、足もつかない。その金額は丸々あなたのもの。あ、カードはこれね」

キャッシュカードもまたテーブルに置かれた。

「暗証番号は適当に作ったの。変えたければ自分で変えて」

すっとふたつ折りの紙も置かれる。

「いりません」

美奈はテーブルの上に通帳を置いた。

「あなたからのお金なんていりません。絢一さんとは結婚しますし、子供は産みます。あなたに指図されるいわれはありません」

「たぶん、そう言うだろうと思ったわ」

佐江子は微笑んだ。その笑顔が怖い。

この人が怖い。

「あのね、安定期に入るまで子供ってどうなるかわからないの。安定期に入ってからも、どうなるのかわからない。たとえば、よ。たとえば、階段から落ちたりしたらどうなるんでしょうね」

ぞわぞわぞわ、と全身に鳥肌が立った。

やりかねない。

そう思うほど、佐江子の目にはなんの感情も浮かんでいない。美奈を傷つけることなんてなんとも思ってないから、こんな目になるのだ。

「階段から落ちるだけじゃなくて、世の中にはいろんな危険があるの。あなた一人で子供を守れるかしら？　絢一に告げる前に、子供がいなくなっちゃうかもね」

怖い、怖い、怖い。

体が震える。

佐江子が本気だとわかるから。

「妥協案もあるわ」

佐江子がじっと美奈を見つめた。

「そうね、一週間でここから引っ越して、絢一に別れを告げてちょうだい。そして、二度と絢一の前に現れないで。そうしたら、あなたはかわいい赤ちゃんを授かるような気がするの。計画を止めることもできるから。遅くなればなるほど、何が起こるかわからないのよ」

「会社が…」

一週間ではやめられない。

「二度と東京に戻ってこないんだから、会社なんてどうでもよくない？　新しい場所で、新しい仕事を見つければいいのよ。そのお金がありながら仕事をする気になれば、だけど」

一億。

でも、それでは一生暮らしていけるわけじゃない。

「あなたが絢一の目の前から消えてくれたら、十年ごとにおなじ金額を振りこむ。だから、生活の心配はいらない。子供を育てるお金も潤沢にある。選ぶなら、どっち？」

佐江子が薄く笑った。

「絢一か、子供か」

「どうして…」

「あなたが気に入らないからよ」

佐江子はなんでもないことのように言い切る。

気に入らないから、美奈に目の前から消えてほしい。

もしくは、美奈と絢一の子供に消えてほしい。

怖い。

こんな人が存在することが怖くてしょうがない。

「わたしが絢一さんと結婚したら、いつかまた子供ができます」

「許せるの？」

佐江子は笑顔を浮かべた。

何を許せるのだろうか。

「絢一と結婚するために子供を捨てたあなたは、あなた自身を許せるの？　平気な顔で絢一と結婚できる？　できるなら、喜んで歓迎するわ。脇坂家へいらっしゃい、って迎え入れてあげる。そういう女なら、私と同類だから」

ぞわぞわぞわ。

悪寒がとまらない。鳥肌も一向に引っ込まない。

恐怖が美奈の全身を覆っている。

「でも、あなたはちがうでしょ。結婚しても働くことで脇坂家がどう見られるのか、そういうことすらわかっていない。絢一がどんな恥をかくのかも知らない。上流階級に染まりたくない、なんて考えて、上流階級を知ろうともしない。だったら、うちに来てくれなくていいわ。こっちにはこっちの生き方があるの。それを、あなたみたいに何も知らない小娘に否定されたくないし、させない。だから、好きな方を選びなさい。子供よりも絢一を取ったら、私は本当にあなたを見直すわ。私の目がまちがっていた、ってね。どっちでもいいの。ただ、いまのままのあなたを受け入れる気はない。大事なものをひとつ失う。その経験をしてからなら、仲間にようこそ、って心から言えるわ」

怖い、怖い、怖い、怖い！

正論のようなことを言っているけれど、全然ちがう。

どっちも手に入れる。

そんな普通のことができないなんてまちがってる。

この人はおかしい。

そして、美奈は痛感する。

絢一と結婚することと、脇坂家とは適度な距離を持って接することは両立できると思っていた。

でも、ちがうのだ。

佐江子のお眼鏡にかなわなければ、そんなの無理。

じゃあ、佐江子のお眼鏡にかないたいか、と問われれば、全力で拒否する。この人の仲間には絶対になりたくない。

「一週間、考えて」

佐江子がくるりと背を向けてから、ああ、そうそう、と振り向いた。

「引っ越したりするのはお金がいるんでしょう？　あなた、そんな貯金もなさそうだから、これ使いなさい」

分厚い封筒をテーブルに置かれる。さっきからずっと思っていたけれど、佐江子は直接、美奈に手渡そうとしない。

そういうところにも、美奈のことがきらいなのだ、というのが現れている。

何かを介してしか、やりとりをしたくない。

「一週間よ。それまでになんの返事もなければ、あなたは両方失うことになるかもしれない。絢一じゃない方は確実に、絢一もどうかしら？　そんなことが起きても、あなたが普通に絢一といられるとは思えない。封筒の中にメールアドレスが入ってるから、どっちを選んだかだけ教えて。絢一を選ぶなら病院を紹介する。子供を選んで絢一の前からきれいに去ってくれたら、あとは追わない。絢一にも追わせない。それは信じてもらっていいわ」

こんなとんでもないことを言う人の何を信じればいいというのだろう。

「それでは。たぶん、もう二度と会うことはないと思うけど」

この人の鼻を明かしてやりたい。また顔を合わせて、驚愕《きょうがく》するところを見たい。

そんな黒い気持ちがわきあがってくる。

だけど、それは佐江子とおなじ土俵まで落ちるということ。

一度はすっきりするかもしれない。でも、あとから自分のことを心底きらいになる。

佐江子の思ったとおりになりたくないからといって、自分の気持ちを無視したくはない。

佐江子が出ていって、ドアが閉まっても。

美奈はその場から動けなかった。しだいに全身から力が抜けて、その場に座り込む。座ったままでいることもできなくなってきて、ぺたん、とダイニングの床に寝ころんだ。

結論なんて出ていた。

絢一か子供か。

どっちも手に入れたかった。

絢一のことはとても大事で、心の底から愛していて、家族とか家庭とかを信じていない美奈が、結婚したい、と素直に思えた。

大切で失いたくない人。

絢一とあの日、合コンで出会ったのは運命だ、と。絢一に出会うために自分の人生はあるのだ、と。

そこまで思えた人。

だけど、もう会えない。

あんな母親がいる家に嫁ぎたくはない。

佐江子がこんなことを言った、と絢一に言っても、きっと信じてもらえない。もしかしたら信じてもらえて、二人で逃げよう、となるかもしれないけれど、おなかの子供を危険にさらしたくはない。

絢一の前から消えたら追いかけない。

それはつまり、絢一のそばにいるかぎり追いかけてくる、ということ。

そうやって狙われたら、美奈にはおなかの子供を守る方法がない。ずっとシェルターのようなところに引きこもって暮らすわけにはいかない。子供を産むときにはお医者さんが必要になる。

そのお医者さんが敵だったらどうなる…？

ざわり、ざわり、ざわり。

体のあちこちが震えて、びくん、と痙攣《けいれん》のような動きをする。

どうにもならない恐怖が襲ってきて、がんじがらめになっている。

怖い、怖い、怖い、怖い。

その気持ちでいっぱい。

絢一をきらいなわけじゃない。これから先もずっと好きなまま。

だけど、絢一を選べない。

絢一の母親が佐江子だったときから、すべて決まっていたのかもしれない。

そう思うとむなしくなる。

あんなに好きで、愛し合って、二年間も幸せで。

それでも、ずっと、このままうまくいくはずがない、という気持ちがどこかにあった。

この結末がわかっていたから？

そうじゃないと思いたい。

幸せに慣れてなかっただけだと信じたい。

絢一を愛したことに嘘なんてなくて。いまでも心から愛していて。

そばにいたい。結婚したい。絢一と幸せになりたい。

その気持ちにはなんの偽りもない。

絢一に、子供ができたよ、って言ったら、どれだけ喜んでくれただろう。子供と三人で暮らす生活は、どんなに笑顔に満ちた日々だっただろう。

それも、もうない。

絢一になんにも告げずに自分はいなくなる。

恨まれるだろうか。悲しまれるだろうか。

それとも、すぐに忘れられるだろうか。

絢一のいない未来を選んだ。

選ぶしかなかった。

そんな美奈を、いつか許してくれるだろうか。

…二度と会えないのに？

つーっと涙が頬を流れた。それをぬぐいもせずに、美奈はぼんやりと床を見つめる。

「このまま…死んじゃおうかな…」

ふと口をついて出た言葉に、美奈は、ぶんぶんぶんぶん、と首を振った。

死にたくない。

おなかの中には大事なものがある。

すべてに優先して選んだ宝物。

自分が死ぬだけならいいけれど、そのことでこの子を殺してしまう。

そんなのだめ。

生きないと。

「どうしよう…」

一週間しかない。それを過ぎれば、子供の命が危なくなる。

そう考えた瞬間、スイッチが入った。

たぶん、あのときに自分は母親になったのだと思う。

絶対に守る。だれにも傷つけさせない。

強く強く、そう思った。

「寝てる場合でも、泣いてる場合でもない。やることをやらないと」

まずは不動産屋に電話するところから。お金なんていくらでもある。その上、準備資金をくれた。

いくら入っているのか封筒の中を見てみたら、百万円の束がみっつ。これは全部使ってしまおう。

不動産屋に電話をして、来月で退去することを伝えた。その間はここを借りておくけれど、美奈はいない。

この部屋からは何も持っていかない。すべて置いていく。その始末は佐江子に任せればいい。喜んでしてくれるはずだ。

退職届を書いて、会社に送ろう。さすがに何も言わずに辞めるのは申し訳ない。とはいえ、勝手に退職届を送りつけるのもだめだとはわかっている。

本当はきちんと辞めたかった。でも、無理だからしょうがない。

いまの美奈には、子供以上に大切なものなんてないのだ。

佐江子にすべてを壊された。きっと、美奈も壊れてしまっている。

まだ頭が働くうちに、自分が正しいと思うことを淡々とやりつづけるしかない。

一週間もいらない。

早くここから逃げたい。

佐江子の呪縛から逃げ去りたい。

ガス、電気、水道は早めに止めておこう。家はどうしようか。どこに住むとも決まってないから、しばらくはホテル暮らしもいいかも。

何も考えずに高級ホテルに泊まって、ホテルの飲食だけですます。

うん、そうしよう。自分では何もしたくない。

北海道から沖縄まで、一週間ごとに南下していくのもいいかもね。

とにかく東京から離れたい。

ここにいたくない。

吐き気がして、美奈はトイレに駆け込んだ。つわりじゃない。これは佐江子の悪意への拒否反応だ。

「負けない…」

負けたくない。

すべてを捨ててもいいから、この子を守りたい。

美奈はそっとおなかに手を当てた。

「お母さんと一緒に生きようね」

この子のために生きる。

美奈の目的はそれしかない。


準備ができるまでは、絢一と普通に電話で話した。涙が出そうになるのを何度もこらえて、明るく話せたと思う。

そのことがむしろひどい裏切りだとわかっていても、それしか方法がなかった。

週末にしか会わない。

そう決めていたのは幸いだった。会ったら、さすがにごまかせない。

木曜日にすべての準備が終わった。

新しく別の銀行に口座を開設して、来月の家賃の引き落とし分以外はすべて移した。スマホも新しい会社のを契約した。いま持っているのは東京を旅立つ前にデータを消去して捨てる。これで追跡はできない。

佐江子にメールを送って、家にあるものすべてを捨ててくれるように頼んだ。頼みたくなかったけど、頼んだ。了解、とだけ連絡がきた。それでいい。ほかの言葉なんて聞きたくない。

北海道のリゾートホテルを一週間予約した。飛行機もスーパーシートにした。これまでしたことなかった贅沢を、この機会にすべてしてやる。

現金で払うから、クレジットカードなんて必要ない。それも解約した。とにかく、自分の痕跡を消したかった。

『ごめんなさい。あなたとはもうやっていけない。お別れよ。元気でね。これまで楽しかったわ。ありがとうございました。　美奈』

たったそれだけのメールを何度も書き直して、何度も泣いた。

どうして、別れなきゃいけないんだろう。こんなにこんなに愛してるのに。

そう思いながらも、そのメールを保存した。ほかのデータはすべて消した。

空港に行くのはタクシーで。家まで迎えにきてもらうことにした。そんなはじめての贅沢も楽しくもなんともない。

手元にあるお金が汚い気がして、とにかくすべてを使いたかった。

タクシーに乗る前に絢一にメールを送った。すぐさまＳＩＭカードを抜いて、そのままスマホを床に投げつける。足で踏んだら、スマホの画面が粉々になった。もう何も見られない。ＳＩＭカードもハサミで切って、それを部屋の中にばらまく。

佐江子が片づければいい。

わたしの痕跡をすべて消せばいい。

新しい洋服、新しい下着、新しいバッグ、新しいスマホ、その他、新しいものたち。

絢一とともに過ごした日々のすべてを捨てて、新しい道に飛び込む。

部屋を出たら涙が出るかと思ったけれど、出なかった。

タクシーに乗り込んで空港へと向かう。

さようなら、と小さくつぶやいた。

何に対してかわからない。

ただ、さようなら。


「ごめんなさい」

美奈は絢一に、ぺこり、と頭を下げた。

「わたしがきちんと伝える努力を放棄したから、あなたに期待を持たせるようなことになってしまったのね」

放棄したんじゃない。あれしかできなかった。

でも、美奈がすべて悪いことにすればいい。

そうすれば、今度こそ絢一は美奈を忘れられる。

ずきん、と胸は痛むけれど、しょうがない。

愛した人に憎まれても、守りたいものがある。

それは、あのときもいまも変わらない。

「何かあったんだろう、とはわかってる」

絢一はいつも穏やかで、怒って声を荒げたりしない。もちろん、怒ることがないわけじゃない。そんな人いない。

怒っても、それを態度に表したりせずに、どうして怒っているのかを説明してくれる。

いつも怒鳴り合っている両親を見てきたから、そういうところもとても好きだった。怒鳴らない。

それは、こんなにも心を穏やかにしてくれる。

「そして、それをぼくには言えない。そのぐらいの大きな秘密」

どきん、と心臓が跳ねた。

当たっているからこそ、表情が動かなければいいと願う。

「そんなことないわ」

美奈は淡々と告げた。

とても頭のいい人だ。少しでも油断したらそこを突かれる。

「美奈は自分で思っているほど嘘がうまくないよ」

絢一がくすりと笑った。

「二年もつきあったんだから、そんなの知ってる。美奈がおかしなメールを送る前に会ったときは普通だった。何かあったら、おかしな態度になっている。それに、ぼくが慌てて美奈の部屋に行ったときには、まだすべての家具が残っていた。そのあとしばらくして行ってみたら、何もなくなっていた。そんなの美奈にできるはずがない」

ああ、そうか。うちに来たのか。

「ただ、スマホを壊したのは美奈だろうな、って思った」

「わたしよ」

美奈はじっと絢一の顔を見る。

そういえば、ちゃんと絢一の顔を見たのは四年ぶりだ。うしろめたさのせいか、なんとなく目をそらしていた。

「ようやく見てくれたね」

ほら、絢一もわかっている。

「部屋をきれいにしてくれるように手配したのもわたし。すべてわたし。わたしがやったの」

「お金は？」

一番弱い部分を突いてきた。

だから、油断をしたらだめなのに。

「美奈が別れたいと言うのなら。それも、きちんと話し合いをしてくれるのなら。ぼくはあきらめたよ。二人の心がすれちがっていたら、もうどうしようもないからね」

美奈が答えられないとわかっていて、そこは追及してこない。別の話にしてくれる。

そういうやさしい人。

何年たっても、美奈が知っている絢一のままだ。

涙がこぼれそうになって、ぐっとこらえた。

ここで泣いたら、全部おしまい。

抱えてきた気持ちがこぼれてしまう。

「ぼくはいまでも美奈が好きだよ」

やめて！

そう叫びたくなる。

聞きたくない。

受け入れたくない。

嬉しいと思いたくない。

絢一じゃなくてアリスを選んだ。

そんな美奈に、絢一の好意を向けられる資格なんてない。

「何かあったんだよね？」

「何にもないわ」

美奈はすっと顔をそむけた。はっと気づいたけど、もう遅い。

嘘をつくときに視線をそらす。

それは絢一もよく知っている美奈の癖。

嘘をつくこと自体がそんなにないけれど、たとえばサプライズをしたいというときにこの癖が出て、いつも成功しなかったことを思い出す。

美奈はサプライズに向いてないよ。あきらめたら？

楽しそうに笑う絢一に、むくれる美奈。

知らないふりをしてくれればいいじゃない！

そう言ったら、もっと大声で笑われたっけ。

楽しかったな、と思う。

そして、幸せだった。

いまもとても幸せだけど、そこに絢一がいてくれたら…。

それは考えたらだめ。

美奈は自分を戒める。

「そうか。何もないんだ」

絢一は追及してこない。美奈の嘘だと気づいているのに。

やっぱり、やさしい。やさしすぎて歯がゆい。

とても勝手な思いだということは理解している。

たとえば、佐江子が美奈を本気できらっていると気づいてくれていたら。佐江子のあのおかしさを幼いころにわかってくれていたら。

どうにかなったんじゃないか、と想像することがある。

二人ですべてを捨てて生きていく。

そんなこともできたんじゃないだろうか。

だけど、それは、絢一にすべてを捨ててもらうことだ、ということに、あるとき気づいた。

美奈には捨てるものがない。

仕事とか友人関係とかそういったものは捨ててしまったけれど、仕事がなくても困らないだけのお金はあったし、友人とはそこまで深い関係でもない。捨てることにためらいはなかった。

親なんていないも同然。祖母が生きていたら、そこだけは本当に悩んだし、迷ったし、困ったと思う。

絢一には、美奈にとっての祖母がたくさんある。

仕事だって脇坂家の名前でもらっているようなものだ。美奈と逃げたら会長職はやれなくなる。

つまり、生活するためのお金がない。

家族とも二度と会えない。佐江子は美奈にとっては天敵だけれど、絢一にとっては母親だ。きっと、いい面だってある。悪いところしかない人はいないと信じたい。佐江子だけじゃなくて、父親にも兄弟にも会えなくなる。美奈は彼らには会ったことはないけれど、絢一の話からすれば、とてもいい関係を築けている。その家族が絢一のそばからいなくなる。家族だけじゃなくて、親類縁者とも縁が切れる。それを絢一が望むとはとても思えない。

たくさんいる友達とも関わることができない。絢一は毎週のように、いろんな友人と美奈を合わせてくれていた。ぼくの恋人だよ、と美奈のことを誇らしそうに紹介する絢一に、いつも胸が熱くなっていたものだ。みんな、美奈を歓迎してくれた。それは、絢一の恋人だから、というだけで、美奈自身の魅力とは関係ないことはわかっている。それでも、絢一が選んだ人なら大歓迎、というぐらいには、絢一は周りに信頼されていたし、好かれていた。その人たちからも離れなければならない。

美奈しかいない。

その状況をそのうち不満に思うようになるかもしれない。

なんのためにすべてを捨てたのか。こんな生活がしたかったのか。居場所がわからないように逃げつづけて、お金もなくて、余裕もない。

それを後悔しないとはかぎらない。

いや、絶対に後悔する。

絢一も前に言っていた。愛のためだけに駆け落ちしても、お金がなくなったらかならず戻ってくるのだ、と。

お金がないとどれだけ心の余裕がなくなるのか、美奈が一番よく知っている。美奈自身がそんな状況に我慢できなくなるかもしれない。

全部を打ち明けて、すべてを捨てて、二人で生きていこうね、と誓って、結局うまくいかない。

そんな未来しか想像できない。

だから、これでよかったんだ、といつしか思うようになっていた。

絢一もそのうち美奈を忘れる。だれかと結婚して幸せになる。

そのことに胸が痛まなかったわけじゃない。

でも、もしかしたら、美奈だって新しい人に恋をするかもしれない。美奈の過去やアリスの存在をきちんと受け入れてくれる男性が現れるかもしれない。

絢一にはもう二度と会えないんだから、ちがう人を好きになってもいい。むしろ、好きになりたい。絢一のことを過去にしたい。

だけど、こうやって現れて。まだ好きだと言われて。

嬉しい、と思う。

幸せだ、と感じる。

四年たっても絢一への感情はなくなっていない。

忘れよう、と努力して、忘れたつもりだった。

なのに、全然ちがった。

一生に一度の恋をしたのだ。

絢一の、すべてをあるがままに受けとめるところがとても好きだった。

一緒にいるとものすごく楽で、ようやく本当の意味で呼吸ができているように思えた。

ああ、たくさんのことを思い出す。

封印していた記憶があふれてくる。

今日、すべてを終わりにしよう。

そう考えているのに、どうして絢一のいいところばかりが思い浮かぶのか。

好きだった、と言ってるけれど、本当はちがう。

いまでも好き。

お店を出て、絢一の姿を見たときに思った。

ああ、この人が好き。まだ好き。

だけど、絢一といると佐江子がまた何かしてくるだろう。美奈だけじゃなくてアリスにも危険が及ぶ。

だから、終わらせなくちゃならない。

一度、身を切る思いで別れを告げた。メールでだけれど、本当につらかったし苦しかった。

今日、もう一度、おなじ思いをする。

それは、最初にきちんとしなかったから。絢一と向き合う勇気がなかったから。

いまはちがう。

絢一以外に守るものができた。アリスのためなら強くなれる。

美奈は深呼吸をした。

お別れしよう。

終わらせよう。

わたしのために。

そして、絢一のために。

「何もなかった。ただ、ふいに、絢一とは住む世界がちがうって気づいたの。わたしはこの仲間にはなれない。絢一といるととても幸せだし、結婚する日が待ち遠しい。その気持ちに嘘はなかった。あなたとつきあっていたときは、あなたのことを本当に愛してた」

全部を過去形にしなければならないことに涙がこぼれそうだ。そして、まだ過去形になれてないことを、痛む胸が教えてくれる。

「それを伝えてくれたらいいのに」

絢一はあくまでも美奈を責めない。穏やかに接してくれる。

そのやさしさに負けてしまいそうになる。

「解決方法を二人で考えることもできたよ」

「どうやって？」

美奈はぐっとおなかに力を込めた。

負けるわけにはいかない。

アリスを危険にさらしたくない。

「そこは話し合わないとわからないよね。美奈が何かを不安に思ってるだろうことはわかってた。だけど、まさか、黙っていなくなるとは思わなかったな」

「わたしのことを恨んだ？」

すべての連絡を断って、どこにいるかもわからない。

たとえば、美奈がおなじことをされたら。

恨むし、憎むし、許さないと思う。

「恨んだというか、心配した。あまりにも美奈らしくないからね。だれかに脅されたんじゃないかな、って」

「だれに？」

もしかしたら、絢一は気づいているんだろうか。

「さあ？　ぼくのことを狙ってるだれか」

…やっぱり気づいてなかった。

当たり前か。母親を疑うなんて、普通はしない。

というか、狙ってるってどういうこと？　物騒な話？

「狙ってる？　命を？」

だから、聞いてみる。

絢一のことを気にかけているのは、いまも変わらない。危ない目にはあってほしくない。

「まさか。ぼくは命を狙われるほどの大物じゃないよ」

絢一が笑った。

ああ、よかった。ちがったんだ。

美奈は心の底からほっとする。

命の危険がないのは、本当にいいこと。

「ああいった世界は足の引っ張り合いも多くてね。脇坂本家の最後の独身だったぼくと結婚できれば生涯安泰だと思う子や、その親…特に親の方がすごいかもしれない」

絢一が肩をすくめる。

「あなたのお嫁さんにふさわしいのは私です、とか、絶対にうちの子がいいですよ、あの子なんてだめです、みたいな売り込みをされるんだ」

「それは、わたしとつきあってたときから?」

「もちろん。その年齢って結婚を考えるからね。美奈と結婚されたらどうしよう、脇坂家に嫁ぐ予定が、みたいな人たちは本当にたくさんいる。嫁ぐ予定って、どういうことだと思う? ぼくが選んでもないのに」

絢一がくすりと笑った。

「そういう人たちは、ぼくや脇坂家には直接なんにもできないから、美奈を攻撃するんだろうな、と思ってた。美奈は困ったことがあっても自分で解決しようとするよね。だから、注意深く見守ってたんだけど、特に何かされた形跡もなかったし、大丈夫だと勝手に安心してた。何かされてたら本当に申し訳ない。ぼくが悪かった」

絢一は何も悪くない。

美奈が絢一から離れたのは、そういう理由ではないのだ。

だけど、と思う。

美奈が気づかないところで守ってくれていた。きちんと気にかけてくれていた。

それがとても嬉しくて、胸がほんわかする。

ああ、まだこの人が好きなんだ。

そのことを痛感させられる。

なのに、やっぱり、佐江子のことは気づいていない。諸悪の根源が自分の一番身近にいることを知らない。

そのことが美奈を絶望させる。

絢一が、やり直したい、美奈と結婚したい、と言ってくれるなら、そうしたい気持ちはもちろんある。

だって、絢一のことが好きなのだ。

これ以上、愛せる人には出会えない。

そのぐらい、深く深く愛している。

その人の子供を授かって、経営しているお店はうまくいっていて、穏やかに暮らしている。

それでいい。

それ以上を求めてはいけない。

だって、また悪魔がやってくる。今度はどんなひどいことをされるかわからない。

あなたが絢一といるかぎりは追いかける。

佐江子は、はっきりとそう言った。そして、それは嘘でも脅しでもなんでもないのだとわかっている。

「そういうことじゃないの」

美奈は絢一の目をしっかりと見つめた。

絶対にそらさない。

そうしないと絢一はすべてを見抜いてしまう。

「あなたのいる世界に踏み込むのがいやになったのよ」

「いや?」

「あなたといるのはとても楽しい。お友達もいい人ばかりで、わたしがちょっとちがう境遇にいるのに普通に接してくれる。食事も自分では食べられないような贅沢なものばかりで、洋服を買ってもらうことが当たり前に感じるようになった。かわいい格好をしてほしいから、ぼくが勝手に買ってるんだよ。そう言われて、たしかに、わたしが安物ばかり着てたら絢一が恥をかくんだわ、と思った。そして、ふと気づいたの。わたしのクローゼットには、あなたが買ってくれたものばかりだって」

それを幸せに感じていた。

すべて絢一のものになれたような気がして嬉しかった。

金銭面でだれかに甘えるのは絶対にいやだったのに、いつの間にか絢一には甘えられるようになっていた。

それは美奈の大きな変化だ。

絢一が広くて大きい心で包んでくれた。

頼っても大丈夫だよ。

言葉でも態度でも、それを教えてくれた。

絢一とつきあっていた間、ただ幸せだった。

「わたしはこれから先、仕事をつづけるのに、もしかしたら変わってしまったのかもしれない。周りの人を無意識に見下したりしていたかもしれない。絢一のおかげでできていることを、自分の手柄のように感じていたかもしれない。そんなのが全部いやになったの」

会社では、変わったね、と言われた。

だけど、それは悪い意味じゃない。

雰囲気がやわらかくなったよ。仕事中の眉間の皺《しわ》がなくなった。仕事ができるのはわかるんだけど、他人のミスも自分のミスも許せない、みたいにイライラすることもあったのに、いつの間にかそれがなくなったね。

いつかの飲み会で、酔った勢いなのか、その場にいた人たちがつぎつぎとそんなふうに口にして、美奈はものすごく驚いたものだ。

派遣から正社員になったから、気は張っていた。自分のミスにはいらつくときもあるけど、他人のミスは特に気にしていないつもりだった。

だけど、そうじゃなかった。

この仕事がなくなったらおしまい。

いつもそんなふうに考えていたから、余裕がなくなっていたのだ。

絢一とつきあうようになって、心に余裕ができた。

だれかを愛して、だれかに愛される。

それはとてもすごいことなんだ、と絢一と過ごす日々でわかった。
「美奈はそんな子じゃないよ」
絢一は少し悲しそうな顔になる。
美奈が自分のことを卑下するようなことを言うと、いつもそんな表情をしていた。
ぼくの大好きな美奈を責めないで？
まるで自分が傷つけられたかのように見えた。
もしかしたら、美奈のことを美奈以上に大事にしていてくれたのかもしれない。
大好きだった。
愛してた。
ちがう。
大好きだし、愛してる。
ぽろり、と涙がこぼれた。
まずい、と思っても、涙はとまらない。
絢一と離れたあとにあれだけ泣いて、もう絢一に対する涙は涸《か》れたのだと思っていた。
でも、ちがう。
本人を目の前にしたら、こんなにもこんなにも胸が痛い。
どうしたらいいんだろう。
「どうして泣いてるの？」

絢一が美奈の頬をぬぐう。
とても自然で、とても当たり前で、とても温かくて。
美奈はその手に自分の手を重ねた。
それから、はっと気づいて、絢一の手を頬から引きはがす。
触れ合うと、だめになる。
「ちがう未来もあったのかな、と思って」
何を言ってるの？
きちんとお別れする。
そう考えていたはずなのに。
「どんな未来？」
「絢一と結婚する未来」
ああ、わたしが本当に望んでいた言葉が出てしまった。
絢一と結婚したかった。
子供ができたの。
そう告げたらどんな表情になって、どんな言葉をくれたのか、知りたかった。
喜ぶのは疑ってはいない。
子供が欲しいね。できたらいいね。でも、できなくてもそれはそれでいいね。
そんなふうに、どんなことも肯定してくれていた。

絢一のやさしさに、いつだって救われてきた。

「いまからだって遅くはないよ」

「もう何もかも遅いわ。わたしには子供がいるの。あなたとは結婚できない」

「美奈が結婚してないなら、ぼくと結婚できる。ぼくも結婚してないよ」

「子供は？　あなたの子じゃないのよ」

「だから？　美奈の子供なら愛せるよ」

…どうしよう。

いったんとまった涙がまたこぼれた。

「なぜ…？」

「離れていた間のことは何も聞かない。そう決めていた。美奈が結婚してたらあきらめる。それも決めていた。ぼくとの将来は考えられなくてもその人との将来は考えられた、ってことだから。だけど、美奈は結婚していない。つまり、ぼく以上の相手とは出会えてないってことだよね」

ものすごくポジティブで、あまりの絢一らしさに笑ってしまう。

「ぼくも美奈以上の人には出会えてないし、出会うつもりもない。ぼくと結婚しよう？」

うん、って言ったらどうなるんだろう。

わからない。

でも、言うつもりもない。

「無理よ」

美奈はぐっとおなかに力を込めた。

ここでまちがえたらいけない。

絢一に希望を持たせてもいけない。

「わたしの最優先事項はアリスなの」

アリスが眠っている部屋のドアを見る。あの中に、愛しい子がいる。

この四年間、美奈のすべてだったもの。

「あなたのことは愛していた。あのころ、わたしのすべてを賭けて愛していた。それは事実よ。でもね、やっぱりちがうの」

胸が痛い。

ぎしぎし痛い。

「あなたを部屋に呼んだのは、わたしはいま子供がいて幸せだってことを伝えたかったの。あなたがいなくても、この四年間、幸せだった。あなたは、まだわたしのことを好きだと言ってくれる。とても嬉しい。嬉しいけど、それだけなの。わあ、わたしもそうよ、やり直しましょう、って気にはなれない」

絢一の目をじっと見つめた。

嘘はいまも苦手だけど、どうしても踏ん張らなければならないときがある。

絢一には幸せになってほしい。

美奈のことを忘れてほしい。

美奈にはアリスがいる。

絢一にはだれもいない。

そんなふうにはなってほしくない。

「ねえ、だれをそんなに恐れているの？」

絢一は本当に不思議そうな表情を浮かべた。

「別に…だれも…」

あ、やばい。顔をそらしてしまう。

「そうか」

絢一は何かを納得したかのようにうなずいた。

「ぼくがここにきたのは、美奈に会いたかったからもあるけれど。それともうひとつ、たしかめたいことがあったんだ。それは…」

「ママ…」

アリスの部屋のドアが開いた。美奈は驚く。

普段はめったに途中で起きたりしない。いつも朝までぐっすり寝てくれる。最近は夜泣きもそんなになかった。

その、めったにないこと、が、まさか、いま起きるなんて。

「アリス、どうしたの？」

美奈は焦りや不安を出さないように、アリスに駆け寄った。

「喉がかわいた…」

「麦茶がいい？」

「うん…」

そうか、喉がかわいて起きることもあるんだ。目が覚めるぐらいだから、よっぽどだったんだろう。

「わかった。そっちに持ってくから、お布団で待ってて」

アリスは目をこすりながら、こくん、とうなずく。眠いのか。かわいそうに。

早く麦茶を飲ませてあげよう。

アリスは急いでキッチンへ向かった。こういうときはカップじゃなくて、ストローつきの水筒がいい。こぼす心配もないし、楽に飲める。白木が、これ便利ですね、と感心していた。自分の子育てのときに欲しかった、と。

たしかに、とても便利だ。

水筒に半分ぐらい麦茶を入れて、アリスの部屋に行こうとした。

「え…？」

美奈は目の前の光景が信じられなくて、息をのむ。

アリスが絢一の腕の中にいた。絢一の顔を引っ張ったり、ぺしぺし叩いたり、とても興味深そうにしている。

そうか、男の人と接することがほとんどないからだ。

喫茶店に男性客はめったに来ないし、出入りの業者ぐらい。彼らはみんな、アリスをかわいがってくれているが、そんなに長時間お店にいたりしない。

「ごめんね！　アリス、叩いたらだめよ。こっちおいで」

叩いたらだめだとは本気で思っている。

でも、それよりも。

アリスの顔をじっくり見られたくない。

だって…。

「いーやー!」

アリスはぶんぶんと首を横に振って、絢一にぎゅっとしがみつく。

どうしよう、どうしよう、どうしよう。

「いいよ、大丈夫」

絢一が微笑んでアリスを見つめた。

美奈の胸がきゅうっとなる。

早く、アリスを絢一から離したい。

だけど、それと同時に。

これが本来の姿だったのだ、と嬉しくなる気持ちもある。

あのまま、絢一と一緒にいられたら、これが普通の光景だった。三人で暮らせていた。

そんなこと叶わないと知っているのに。

「お兄ちゃん」

アリスが絢一をそう呼んだ。

アリスにとって、男の人にはみんな、お兄ちゃん、だ。年かさの出入り業者の人など、お兄ちゃんか、とデレデレしてくれる。

看板娘として完璧。

だけど、絢一に対してもお兄ちゃんか、と思う。

お兄ちゃんじゃない。お父さんだよ。

そう言ったらどうなるだろう。

絶対に言えないけれど。

「なんだい？」

「お兄ちゃんはこれからもおうちにいるの？」

「さあ、どうだろうね」

「いないわよ」

美奈は慌てて否定した。

「ねえ、お兄ちゃん、だあれ？」

「ぼくは絢一。ママの友達だよ」

「友達？」

「仲良しさん」

「へー」

あんまりわかっていないだろうに、にこにことうなずいてる。

「ママの友達」

絢一の鼻をつんと押した。アリスは最近、顔を触るのが好きだ。何をたしかめているんだろうか、と思いつつ、好きなようにさせている。

だけど、それは美奈だからであって、ほかの人にやるといやがられそう。

「絢一、ごめんね。痛かったら叱っていいからね」

美奈も痛いときはちゃんと言う。力加減を覚えることも大事だ。

「痛くない。かわいいね、アリスは」

「かわいいの、アリス」

アリスと自分の名前を呼ぶときに、少し舌ったらずなのがかわいいと思っている。そして、自分をかわいいと言っても、そうだよね、と思う。

親バカでいい。

「ママ、喉かわいたー!」

ようやく、喉がかわいていたことを思い出したらしい。

「わかった。おいで」

アリスに手を伸ばすと、素直に美奈に向かって手を伸ばし返した。絢一から受け取って、美奈はアリスをぎゅっと抱っこする。

あったかくてやわらかい。

わたしの大事な宝物。

「はい、麦茶」

水筒を渡すと、アリスはそれをつかんで、ごくり、と飲んだ。一口ぐらいで、もういい、と美奈に水筒を押しつけてくる。

そこまで喉がかわいてもいなかったらしい。

それもそうか。ちゃんとごはんも食べてるし、水分もとってる。

もしかして、知らない人がいる気配で目が覚めてしまった？　いつもとちがう空気を感じたのだろうか。

だとしたら、申し訳ないことをした。

絢一との話をさっさと終わらせて、アリスを眠らせてあげないと。

「もう大丈夫？」

こくん、とうなずく姿がかわいい。

「寝ようか？」

「寝るー！」

アリスはバンザーイと両手をあげた。

「じゃあ、お兄ちゃんに、おやすみなさい、って言って？」

「おやすみなさーい」

バイバイと手を振るのも、お店でやるのとおんなじ。

「おやすみ、アリス」

アリス、と絢一が呼ぶ。それだけで、涙が出そうになって慌ててのみこんだ。

こんな未来だったらよかったのに。

それはもう考えない。

「ところで、アリスはいくつだっけ？」

「三歳！」

アリスは指を三つ立てた。

「よくできました」

美奈はアリスを撫でてから、はっと気づく。

もしかして……。

絢一を恐る恐る見ると、ものすごく微妙な表情をしていた。

それでもわかる。

絢一は深く深く傷ついている。

もしかしたら、アリスの顔を見た瞬間にわかったのかもしれない。

自分に似ている、と。

二歳なら自分の子供じゃない。

でも、二歳じゃないとしたら？

二歳と三歳の体の大きさのちがいなんて、そんなにない。どっちなのか、絢一には判別できない。

だから、さりげなく聞いた。アリスが答えて、それを美奈がほめた。

つまり、本当に三歳。

妊娠期間も考えると、絢一の子供以外はありえない。

「そうか…」

絢一はぽつんとつぶやいた。

そう呼びかけるものの、つづく言葉が出てこない。

「絢一…」

「そうじゃないならいいな、って思ってた」

何が？

アリスが絢一の子供じゃないならいいな、ってこと？　それとも、自分の子供を妊娠して勝手に産んだんじゃなかったらいいな？

どういう、そうじゃない、なのかがわからない。

頭が真っ白になる。何を言えばいいのか、本当にわからない。

「ごめんね」

なぜか絢一が謝った。

「本当にごめん」

絢一は頭を下げると、そのまま玄関まで歩いていく。

出ていくんだ。美奈のところから去るんだ。

その背中を見ているうちに、引き留めたい、という気持ちがわき起こった。だけど、どうすればいいのか、なんにも考えつかない。

そもそも、きちんと別れよう、と思っていたのだ。絢一がこのまま去るのなら、それは美奈の望んだ結末のはず。

玄関が開いて、ゆっくりと閉まった。ものすごく傷ついているだろうこんなときでも、なるべく音を立てないようにドアに手を添える絢一のやさしさが好き。

ずっとずっと絢一が好き。

「お兄ちゃん？」

アリスが首をかしげた。

「いっちゃったね」

美奈は玄関をしばらく眺めて、そこがもう開くことはないのだ、と悟った。

絢一はもう戻ってこない。

美奈のところには二度とやってこない。

それだけのことをした。

わかってる。

話し合いもせずに絢一のもとを去って、勝手に子供を産んで、再会したときにも嘘をついた。

許してもらえるはずがない。

そうするだけの理由はあるのだ、と説明したところで意味はない。

絢一よりもアリスを選んだ。

その事実は変わらない。

「ママ？」

アリスが美奈の顔をのぞきこんでくる。

愛しい子。

アリスさえいればいい。妊娠がわかったときから、その思いだけは変わらない。

「寝ようね」

自分の声がどこか遠くから聞こえる。本当にわたしがしゃべっているんだろうか。

「うん、寝るー。ママも一緒に寝る?」

「ママはまだやることがあるから」

そういえば、ごはんも食べていない。せっかく白木が作ってくれたのに手をつけないのは申し訳ないから、明日の朝にでも食べよう。

いまは食欲なんてない。

「ママ、忙しいねー」

アリスが美奈の頬を撫でてくれた。その手のあたたかさに泣きそうになって、ぐっと涙をこらえる。

アリスの前で泣いちゃだめ。

絶対にだめ。

自分の部屋に帰って、思い切り泣こう。

声を殺して、これまでの思い出を振り返って、泣こう。

そして、前に進む。

それしかない。

「そう、忙しいの」

ちゃんと笑えてるだろうか。

アリスにはいつもと変わらず見えているだろうか。

そうであってほしい。

アリスの部屋に行って、布団に寝かせた。髪を撫でていると、アリスはすぐに寝息を立てる。

よかった。眠ってくれた。

しばらくアリスの顔を見つめながら、美奈は、ふう、と小さく息をついた。重い体を引きずって、自分の部屋に向かう。

着替えもせずにベッドに横になった。

なのに、涙も出なければ眠気も襲ってこない。

あのとき、どうすればよかったんだろう。

何が正しかったんだろう。

その問いかけが頭の中でぐるぐる回る。

でも、答えなんて一生わからない。

愛した人と今度こそ別れた。

もう二度と会うことはない。

それだけが真実。

それ以外はすべて、どうでもいい。

第六章

「ありがとうございました」

土曜日の午後八時。最後のお客さんを送りだして、美奈はほっと息をついた。翌日が休日とあって、金曜、土曜の夜は閉店ぎりぎりまでお客さんが帰らない。その分、いろいろ頼んでくれるので売上的には助かっている。

日曜はお店もおやすみ。美奈も、ようやくゆっくりできる。

土日がかきいれどきかと思っていたけれど、地方はやっぱりちがった。土曜日は若い女性の一人客や、友達と二、三人で、というのが多くなる。どこか遠くまで遊びに行くのはめんどうだし、近くで飲めるならそれがいい、ということらしい。

お昼はさすがにあんまり人がいなくて、午後三時ぐらいから混んでくる。

日曜はさっぱりだ。日曜は家族で過ごす人が多いのと、若い女性も明日が仕事だから、とあんまり来てくれない。美奈が働いていたときのことを考えても、それはものすごく納得できる。日曜ぐらいは休みたい。なので、もっともお客さんが少ない日曜を休みにした。

お客さんがいなくなって、後片づけを終えて、装備をしっかり点検する。丸一日来ないので、ガスや電気系統を何度も確認をするのだ。何かあってからでは遅い。そのためにはきちんと用心しないと。

明日は何をしようかな。アリスを連れて、どこかに行こうか。遠出してもいい。そろそろ電車に乗ってもいいかもしれない。

アリスを連れての移動は基本的に車だ。なので、アリスは車に乗ることは慣れている。車に乗ると、景色が変わるのが楽しいのかごきげんさんだ。

電車はあまり走っていない。東京のときは、適当に駅に行ってもすぐに電車が来ていたのに、こういうところだと朝や夕方の学生さんが多い時間以外は、一時間に一本とか、下手するとつぎは二時間後とかになる。赤字ローカル線という言葉をしみじみと感じる。

そういう美奈も、ここに来たとき以来、電車には乗ってない。お盆とお正月もお客さんが来ないから、それなりに長期休暇にしているが、美奈には帰る場所がない。アリスと二人で家でのんびりしていたら、その休暇もすぐに終わってしまう。

旅行に行きたいな、とか、そういった気持ちもない。小さな子供を連れて母子二人で旅をするのはなかなかに大変。温泉旅館とかだと、どうして二人で？　みたいに思われるのも面倒で避けていた。

そろそろ行ってもいいかな。

主人は忙しくて来れなくて、息抜きしておいで、って言ってくれたんですよ。

いまなら、そんなことをしらっと言えるような気がする。

ああ、そうか。

どこかで絢一を待っていたのかもしれない。

いまのこの状況はいつか変わるかも。絢一が何かに気づいて、美奈のところにやってきてくれるかも。

すべてをあきらめたつもりであきらめられていなかった。

あれから一週間以上がたって、絢一がもう本当に二度と現れないんだ、とようやく理解できた。インターホンが鳴るたびに、もしかして絢一かも、と期待して、全然ちがう人でがっかりした。夜になると、一人、ベッドの中で声を殺して泣いた。本当は大声で泣きたかったけれど、アリスに心配かけるといけない。

世のお母さんは、こうやって気づかれないように泣く夜が何度も何度もあるんだろうな、とそんなことも考えた。

時間薬というのは本当で、ときがたてばたつほど気持ちが楽になっている。

お店をやっていてよかった、と心底思った。常連さんと話したり、忙しく立ち働いていたら、その瞬間だけはすべてを忘れられる。お店にアリスがいるときはアリスを見るだけで元気になれたし、帰って眠っているときは、なんてかわいいんだろう、とじっと見つめたし、起きてるときは一緒に遊んだ。

愛する人が二人いる。

その一人は去ってしまったけど、もう一人は美奈のそばにいて、無条件で愛してくれている。

それでいい。

あ、帰ったらビールを飲もう。なぜか、自然にそう考えた。

アリスを妊娠してから、ずっと飲んでいない。さすがに新しいお酒をメニューに加えるときは試飲をするけれど、ほんのちょっとだけ。それ以外で飲んだことはない。

この四年間、ずっと気を張ってきた。気を張っていなければならなかった。

だけど、いまは心が自由になったように感じられる。

それは絢一と会えたから。アリスが絢一の子供だとわかってもらえたから。

結果は美奈が望んでいたものではなかったけれど、もともと、そんな結末が実現するわけがない。

ひとつカタがついた。

そのことが美奈の心にいいように働いている。

家に帰って、ただいま帰りました、と告げる。白木が、おかえりなさい、と少し困ったような表情で答えた。

「どうかしました？」

「あの、お友達だとは聞いてましたのであがっていただきましたが、本当によかったのか、といまになって不安になってきまして。勝手に人をあげるのはダメですよね。今度から気をつけます。でも、アリスちゃんもなついていて、お兄ちゃん、お兄ちゃん、って楽しそうなので、大丈夫なのかな…」

白木が、うーん、と悩んでいる。

「お友達？」

そんな人いたっけ。あ、もしかして、あの常連さんたち…。

いや、でも、急に訪ねてくるような人たちじゃないし、白木は彼女たちが常連さんだということは知らない。

待って、気になる言葉があった。

お兄ちゃん？

つまり、男の人。

白木の知っているお友達。それって…。

いやいや、そんなはずがない。だって、何も言わずに出ていって、今日までなんの連絡もなかった。一週間以上たって急に戻ってくるなんてこと…。

あるのだろうか。

「こないだ来た人？」

美奈は淡々とそう聞いた。

自分の感情がよくわからない。

喜んでいるのか、そうじゃないのか、それすらも。

ただ、絢一だったらいい、と思った。

あんなふうに決別するんじゃなくて、きちんとすべてを話してから終わりにした方が気持ちの整理がつく。

それをしなかったから、この一週間ボロボロだったのだ。

決着がついたらついたで、また一週間ぐらいボロボロになるだろうけど、その傷はそのうち完全に癒える。

美奈が望んでいた、あんな人もいたわね、となつかしむ日々がやってくる。

「そうです」

「だったら、学生時代の友人だから大丈夫。昔から、こうやってふいに遊びに来るのよ」

すらすらと嘘が出てくる自分がかなりいやになる。それでも、白木が気にしないでいてくれる方がいい。

「ああ、そうですか！」

白木がほっとしたように息をついた。

「よかったです。いい人そうで実は…、みたいな話ってあるじゃないですか。それだったら困ったな、と思ったんです」

「いい人そうでいい人よ」

本当にいい人。つきあっている間、喧嘩したこともちろんあったけど、絢一がいい人なのは変わらない。

そういうところを好きになったのだ。

「ですよね。それでは、私はお暇《いとま》します。また月曜日に」

「はい。お願いします」

ぺこりとおたがいに頭を下げて、白木が出ていった。

玄関をあがると、アリスの声が聞こえてくる。はしゃいでいて楽しそう。

「お兄ちゃんはどこに行ってたの？」

「んー、ちょっとね、用事があって」

絢一の声だ。

その場に崩れ落ちそうになって、美奈は軽く自分の頬をたたいた。

しっかりしなさい。あなたは母親なのよ。

自分にそう言い聞かせる。

絢一がなぜ来たのか。

それを聞けばいい。

恨みごとでもなんでもいい。

二度と会えないと思っていたのが、最後にもう一度会える。

それだけで嬉しい。

あのときがお別れじゃなかった。ちゃんと話しあって、別れることができる。

そのことはもっと嬉しい。

美奈は、ふう、とひとつ息を吐いた。

さあ、これでおしまい。

本当におしまい。


「ただいま」

美奈はリビングに入った。

「おかえり」

まるで、いままでもそこにいたかのような自然さで絢一が出迎える。アリスはそんな絢一にまとわりついていた。

こういう未来もあったのかな。

前に絢一がアリスを抱いていたときとおなじことを考える。

…本当に未練がましい。

「ごめんね、勝手に入って。お店に行こうかと思ったけど、そうしたら、美奈は家に入れてくれないだろうな、って考えた。卑怯だよね。わかってる」

絢一はいつだって正直だし潔い。嘘はつかない。言い訳もしない。

どうして、いまになっても好きなところばかりが思い浮かぶんだろう。

これが最後なのに。

「どうしたの？」

アリスに、なにかおかしな雰囲気だな、と悟られないように、美奈は普通の声を出す。三歳とはいえ、アリスはもういろいろわかっている。

「話があるんだ」

「わかったわ。アリス、ごはんは食べた？」

「食べたー！」

「今日は何だったの？」

白木はとても料理上手だ。アリスはいつも喜んで食べている。

「ハンバーグ！」

ハンバーグはアリスの大好物。それも、美奈が作ったのよりも白木の方がお気に入りだ。

今度レシピを聞こう、聞こう、と思って、聞けないでいる。

白木もずっとアリスの面倒を見てくれるわけじゃない。アリスが一人でいられる年齢になったらベビーシッターがいらなくなる。

その前にアリスの好物をマスターしておきたい。

月曜日には聞こう。玄関のボードにメモをしておけば忘れない。

「おいしかった？」

「おいしかった…」

胸の前に手を当てて、しみじみと言うアリスに笑ってしまう。

なんてかわいいんだろう。

「お風呂は？」

「入ったー！」

お風呂に素直に入ってくれるときと入ってくれないときがある。

白木には、アリスがいやがったらほっといてください、わたしが帰ってから入れますので、と言ってある。無理やりお風呂に入れるのは白木だっていやだろうし、アリスの機嫌も悪くなる。そんなときに面倒を見るのは大変だ。

まだ小さいんだし、幼稚園に行ってるわけでもないし、何時にお風呂、何時に睡眠とか、あんまり決めたくない。

一時期、この時間にはこれをしてないと！　と育児書と首っぴきでやっていて、アリスからも美奈からも笑顔が消えたときがあった。

子供はね、思いどおりにならないのが楽しいんですよ。

そんな白木の言葉にはっとなって、それからは自由にしている。とはいえ、あんまり遅くなったりするのもよくないから、そこは適度に。

今日みたいに遅くまで起きているときもある。それはそれで、別にいい。

「じゃあ、何しようか？」

ごはんもお風呂も終わっていたら、アリスが寝るまでは自由時間。二人で過ごすことを大事にしている。

「あのねー、ご本！　お兄ちゃんに読んでもらう！」

「ママじゃだめなの？」

「だめなの」

「そっか。絢一、頼んでもいい？」

「もちろん。アリスちゃん、何がいいかな？」

「えっとねー、一緒にえらぶ！」

アリスが絢一を連れて本棚に行く。二人でわいわい楽しそうだ。

この合い間にごはんを食べてしまおう。絢一と話したあとでごはんが食べられるとは思えない。

せっかくのおいしいハンバーグだ。しっかり味わいたい。

あ、ひさしぶりのビールはお預けになるのか。

少しがっかりしたことに、自分で笑ってしまう。

お酒のことを考える余裕があるなら大丈夫。絢一と冷静に話し合える。

明日、起き上がれないほど落ち込んでなければ夜にビールを飲もう。アリスを寝かせて、自分の時間に一本だけ飲もう。

そのときにはすべてが解決している。

そう信じたい。

美奈は冷蔵庫からハンバーグを出した。つけあわせのニンジンのグラッセ、インゲンのソテー、ジャガイモとベーコンの炒めものもとてもおいしそう。あとはお豆腐のお味噌汁と副菜がいくつか。

副菜は美奈の作り置きだ。メインをお願いします、と頼んでいるのに、白木はいつもお味噌汁を作ってくれる。アリスが好きだから、という理由で。本当にありがたい。美奈も汁物が好きだし、お味噌汁があるとほっとする。

ごはんは冷凍してあるものをレンジであっためるだけ。

はー、なんて楽な夕食。

絢一が絵本を読んでいるのを聞きながら、美奈は、いただきます、と手を合わせて食べはじめた。

お兄ちゃん、上手だねー、とアリスが何度も言っている。

最近、わたしには上手だって言ってくれないわね。アリスはあれかしら。釣った魚にエサをやらないタイプ？

って、絢一相手に張りあってどうする。

絢一とは会ったばかりで物珍しいから、そうやってほめているのだ。お店に行けばたくさんの人と出会うけど、家にいるのは美奈か白木だけ。絢一が三人目。

そんなの、アリスだって興味津々になるのが当然。

うん、ハンバーグは相変わらずおいしい。何か特別なものを入れてるんですか？　とは聞いたことがある。

普通に作ってるだけですよ、という答えだった。

何がちがうんだろう？　ソースもおいしい。

あっという間に食べ終えた。絢一がアリスの面倒を見てくれているし、明日は休みだし、ゆっくり食べてもいいとわかっているのに、早く食べる癖がついてしまっている。子供を一人で育てていると、食事をのんびり食べている時間なんかない。

アリスが幼稚園に通うようになると、もうちょっと自分の時間がもてるようになるんだろうか。

食器を洗い終えても、まだ絢一は本を読んでくれている。だったら、明日の朝食の準備をしよう。

明日はフレンチトーストの気分だ。卵液につけるだけで、おいしいフレンチトーストができる。すごいよね、フレンチトーストって。あとは、丁寧に入れた紅茶。自分用に買ってある、特別なやつ。ちょっとした贅沢だ。

美奈は冷凍庫から冷凍しておいた食パンを出して、卵液を作ってつけた。アリスが食べたがったときのために二人分。食べなかったら、美奈のお昼もフレンチトーストになるだけ。

はい、おしまい。手軽にできておいしいなんて最高。

いつの間にか、リビングはしんとしていた。絢一たちを見ると、アリスが絢一の膝の上で眠っている。

どうやら、話し合いの時間が来たようだ。

「寝かせてくるわ」

美奈は絢一のところに行って、眠っている美奈を抱きあげた。最近は本当に重くなってきて、運ぶのも大変。

その重みが嬉しい。

ここまで無事に育った、ということだから。

床に敷いたお布団に寝かせて、軽いブランケットをかける。この時期なら、これで十分。あんまり暑いとブランケットをはがしちゃうから、なるべく涼しいものを選んでいる。アリスはもともと体温が高く、ものすごく暑がりだ。

すやすやと寝息をたてているアリスの髪を撫でてから、ドアを閉めた。

深呼吸を一度だけして、くるり、と絢一の方に向き直る。

これでおしまい。

また、そう思った。

絢一と会うのもこれが最後。

だったら、冷静に話し合おう。

佐江子のことは言わないと決めていた。自分の母親がそんなことをしたなんて信じたくないし、信じてもらえなかったときに美奈はまた傷つく。

もう十分に傷ついた。

これ以上はいらない。

もう、いい。


「はい、どうぞ」

麦茶がちょうど二人分ぐらい残っていたので、それをグラスに入れて絢一に出す。

「ありがとう。喉がかわいてたんだ」

絢一は一気に半分ぐらい飲んだ。

「読み聞かせって体力使うね」

「体力は使わないんじゃないかな？」

「こう身振り手振りを入れてみたりして」

「それは使うわね」

美奈はくすりと笑った。

そんなことしてたのか。見たかった。

「あのさ、単刀直入に話していい？」

「どうぞ」

美奈もそれがいい。回りくどいのは性に合わない。

「ごめん」

絢一が頭を深々と下げる。

「どうしたの？」

何を謝られているのか、意味がわからない。

「気づかなかった。だから、ぼくが悪い。美奈に怖い思いをさせた。それなのに、美奈が怖くなって逃げたんじゃないか、なんて思ってた。あれ？　何を言ってるんだろう」

「うん、全然わかんない」

どこがどう怖いのか、そして、そのふたつはちがうのか、それすらもわからない。

「うちの母が」

どくん、と心臓が跳ねる。

佐江子のことは、いまは聞きたくない。いまどころか、一生聞きたくない。

佐江子に何か悪いことが起これぱいい、とか、不幸になればいい、なんてことも思わない。自分に関わらないまま、どこか遠くにいてほしい。

「美奈のことをあんまり気に入ってないのは気づいてた。うちの家柄にふさわしくない、とか、そういうことをちょくちょく言っていたから。でも、ぼくは特に気にせずに、美奈じゃなかったら結婚しないよ、って宣言してた。どうせ、ああいう子はその場になったら怖くて逃げるのよ、家柄のちがいってお嫁に来る人にとってはかなりの重荷なんだから。母の言うことは負け惜しみだぐらいに考えてた。どっちにしろ、ぼくと美奈は結婚するんだから認めるしかないだろう、って。全然ちがったんだね」

全然ちがった。そんな生易しい人じゃない。

…え？　どうして知ってるの？

「美奈がいなくなったとき、ほら、言ったでしょ、って勝ち誇られた。ぼくはそのとき、あまりにも傷ついていて、母の言葉をそのまま受け取った。美奈は脇坂家に入るのが怖くなって逃げたんだ、って。だって、それがぼくの心を守る唯一の方法だったから」

佐江子のしたことはまったく驚かない。そのぐらいのことを言ってそうだなんて、あのころからわかっていた。

それでも絢一は美奈の味方でいてくれて、美奈がいやなら遠くに住もうか、うちとはほとんど交流なくしてさ、とまで言ってくれていた。

家を捨てるのは無理だとしても、美奈に最大限寄りそってくれた。その絢一の気持ちは疑ってはいない。

結局、佐江子に負けたのだ。

佐江子が本当に美奈の子供を亡きものにするつもりだったのか、それはいまとなってはわからない。ただの脅しだったかもしれない。

はじめての妊娠で精神的に不安定になっていた美奈を追いつめて絢一から引き離すことができれば、それでよかったのだろうか。

わからない。たぶん、聞いても答えてくれない。

美奈だって答えはいらない。

「そのあとはしばらく寝込んでしまって。美奈を失った、美奈がいなくなった、美奈はぼくじゃなくて家柄から逃げたんだ、ありえない、もう美奈なんていらない、そんなふうに自分勝手に考えていった」

その気持ちも痛いほどわかる。美奈もおなじだったから。

絢一は何にも気づいてくれない、そもそも美奈の妊娠にすら気づかなかった、佐江子ですら気づいたのに、探そうと思えば探せるのに追いかけてもこない、つまり、そのぐらいの愛情だったんだ。

そうやって、絢一を憎もうとした。

それでしか、傷ついた心を守れなかった。

絢一とおんなじ。

「そのあとは美奈を忘れようとした。もっといい人に出会えて、また恋ができる。美奈とは結婚できなかったけど、別の人と幸せな結婚ができる。そんなわけがないのに」

そう、そんなわけがない。

絢一としたのは生涯で一度の恋。

たとえば、別のちょっと好きな人とでも幸せな結婚はできるだろう。だけど、絢一と過ごしたような日々は経験できない。

だれかを本気で愛する。

それを教えてくれたのは絢一だ。

もう一人、もしくはもっとたくさん、そういう相手が現れるとは思えない。現れるといいな、と考えていた時期はあるけれど、結局、無理だった。

だって、比べてしまう。

もう四年もたっているのに。

絢一はこんなことしなかった。

ふとしたときに、そんなことを思う。

美奈だって、男性に誘われないわけじゃない。母一人子一人というのはだれでも知っていて、美奈はそこそこ成功した経営者でお金にも不自由していなさそう、とも伝わっている。

そんな女性とならつきあいたい。

そう考える男性は、実は結構多い。

お店にお客さんとして来られると、美奈も無碍《むげ》にはできない。普通におしゃべりして、笑いあったりもする。

楽しいな。

そう感じる瞬間はたしかにあって、顔もなんとなく好みで、いい雰囲気だな、と思うこともあった。

だけど、ちがうのだ。

絢一はこんなふうに鼻をくしゃっとして笑わない。

そうやってひとつのことが気になると、すべてが気になりはじめる。絢一とはちがう部分にばかり目がいく。

美奈の態度にいけると思って、相手が勇気を持って誘ってくれても、美奈はすべて断ってきた。

ごめんなさい。子供が大きくなるまではそういうことは考えられないの。

子供をダシに断るのは卑怯だとわかってはいるけれど、わたしが好きなのはあなたじゃないの、とは言えない。これからもお客さんでいてくれるかもしれないし、もうお店に来なくなったとしても狭い街だ、どこかでは顔を合わせる。そのときに気まずくなりたくない。

アリスが一番大事なのは本当だから、そこまで罪悪感もない。

結局、絢一を忘れようとしたところで忘れられなかった。

忘れたつもりでいたし、普段は思い出すこともなくなっていたし、大丈夫だと思っていた。

でも、ちがう。

あんなに愛して、結婚しようとまで思った相手だ。それも、うまくいかなくなって別れたわけじゃない。

好きなまま別れた。

そんな人に未練がないわけがない。

「美奈じゃないならだれでもいい、と母が選んだ結婚相手を承諾したけれど、すぐにまちがいだって気づいた。お相手も、別の人が好きで困っていた。だから、結婚式当日まで普通にふるまって、その場で二人別々に逃げたんだ。ぼくが結婚して幸せになりたい相手は美奈しかいないから」

わたしも。

美奈はぎゅっと手を握りこんで、涙がこぼれそうになるのを必死でこらえる。

泣いたらだめ。それは卑怯。

ひどいことをしたのは美奈の方だ。泣く権利なんかない。

こんなに傷つけた。

傷つけるとわかっていて、アリスを選んだ。

その選択を後悔しない、と思っていたし、あのときに戻ったら、またおなじ選択をする。

だけど、だけど、だけど。

美奈はぐっと唇を噛む。

絢一をここまで傷つけないやり方があったんじゃないだろうか。どれだけつらくても、顔を合わせて別れを告げていたら、少なくとも絢一は前に進めたんじゃないだろうか。

全部、美奈が悪い。こんなことを言わせてはいけない。

「わたしは…あなたとの幸せな結婚生活を思い描けなかった」

本当でもない嘘でもない、そういうことしか言えない自分に腹が立つ。

もっとちゃんと嘘をついてでも絢一にあきらめてもらわないと。

「母のせいで、だよね」

「ちがうわ」

そう、佐江子のせいで。だけど、いまさら言ってもしょうがない。

あのとき、言わないで逃げた。それは美奈の選択。

「アリスを見たときに、ああ、ぼくの子供だ、って思った。だってね、昔のぼくにそっくりなんだよ」

「似てるわよね」

美奈は微笑む。

たしかに、目元とか鼻筋とか絢一にそっくりだ。

「最初は全然似てなかったの。わたしにそっくりだった。成長していくうちに、どんどん絢一の面影が出てきて。アリスを見た瞬間に気づいた？」

眠っているときは暗かったから、顔は見えていなかった。アリスが起きてこなければ、一生、気づかなかっただろう。

それでもいい、と思っていた。

だけど、絢一が父親であることが伝わったら、心が解き放たれた気分になった。

美奈はもともと嘘や隠しごとが苦手なのだ。

こうやって自然に話せるのも嬉しい。

「うん。正直なところを言うとね、美奈が別の男の子供を産んだっていうのを信じていなかった。そんなはずがない、って思った。だからといって、ぼくの子供だとすると妊娠したのに逃げ出したことになる。美奈はそんなことをする子じゃない。ぼくは美奈を知っている。だから、混乱した。もしかして、だれかの子供を預かっているのかもしれない、って」

「わたしの戸籍謄本とか調べなかったの？」

子供がいるとわかっただろうに。

「調べたのは美奈がいる場所だけ。美奈に会って話を聞けば、すべてが解決すると勝手に思ってた。本当は、いつかどこかで偶然に再会して、やあ、ひさしぶりだね、ところで結婚しない？　ってプロポーズする予定だったんだけど、そんなにうまくはいかないよね」

あまりにもあまりな再会のシチュエーションに美奈は声をたてて笑った。

ロマンチストな絢一らしい。

「笑った」

絢一が嬉しそうに言う。

「美奈の笑顔が好きなんだ。よかった、笑ってくれて」

「だって、非現実的なんだもの。そんな再会、映画でしかないわよ」

「合コンで出会って恋に落ちるなんて、よくあるパターンだもんね」

「そうね」

そうやって恋に落ちる人はたくさんいて、その中で生涯の伴侶になる人たちもそれなりにいるはずだ。

出会いなんてどこでもいい。

好きになれる人に出会えたら、それはとてもラッキーなこと。

あの日、予定通りの三人で合コンに行っていたら、美奈は絢一と一生出会えなかった。そう考えると、運命ってすごいな、と思う。

ちょっとした偶然が重なって、運命につながっていく。

「これだけは教えてほしい」

「何？」

「美奈はまだぼくのことが好きかい？」

どうしよう。どう答えたらいいんだろう。

絢一と一緒に暮らすとか、結婚するとか、家族になるとか、そういうことは無理だ。だって、邪魔が入る。

でも、と心が叫んだ。

好きか、と聞かれたら、答えはひとつ。

「好きよ」

すぐにつづける。

「だけど、だめなの。わたしはあなたとあなたの家から逃げた。無理だと思ったの。脇坂家に入って、普通じゃない生活をするのなんて無理、だったら、わたしはこの子と逃げる、って。あなたに妊娠したことすら教えなかった。わたしはそんな女よ。あなたに想《おも》ってもらえる価値なんてない」

「お金は？」

「え？」

美奈は目をぱちくりとさせた。

「逃げるときのお金とか、部屋を業者に片づけてもらう費用とか、あとはそうだね、この町に住むと決めたときの敷金礼金、お店の分もあるのか、車も買ってるよね、ぼくとつきあっていたときは免許を持っていなかったから、免許を取るお金もいるのか。そういったお金はどこから出たのかな？」


こないだは見逃してくれた。

だけど、今日はとことん追及するつもりらしい。絢一が真剣な表情をしている。

「絢一、忘れてる？　わたし、水商売やってたのよ。貯金ぐらい、いくらでもあるわ」

そんなわけがない。水商売をしていたのは三年ちょっと。生活費の足しにはなったし、毎月わずかながら貯金もできた。それでも、絢一が言ったようなことをするだけの金額には満たない。

そもそも、これからの生活が不安なのに貯金を使い果たしたくはない。

「いくらかかった？」

「覚えてない。それに、お店はうまくいっていて、そのときの費用を回収したの。心配しなくても大丈夫よ」

心配はしていない。疑っているだけだ。

わかっている。

だけど、そうやって話をそらすしかない。

「うん、やっぱりね」

絢一は嬉しそうだ。

「美奈は絶対に言わないと思った。そういう美奈だから、好きになった。だけど最初に、ごめん、って謝ったよね」

そういえば、謝っていた。何に対してだろう？

「この一週間ちょっとですべてのカタをつけてきた。母も美奈に何をしたのか、最後まで言わなかったけど、言わないってことが答えなんだよね。とてもとてもひどいことをしたんだろうし、本人も誇れることじゃないってわかっている。そうじゃなければ、美奈が妊娠してるのにぼくから逃げるはずがないんだ」

ああ、全部わかってくれたんだ。

もう、それだけでいい。

「ありがとう」

お礼だけを言おう。それ以外はもう何もいらない。

「美奈が怖い思いをした瞬間とか、そのあとの苦労とか、そういうのをすべて時間を巻き戻して一緒に経験したい。だけど、それは無理だから、過ぎた時間のことは考えない。美奈がいつか話す気になったら聞くし、たくさんたくさん謝るよ。でもね、ぼくたちには未来がある。これから先の時間がいくらでも残っている。この町に新しい家を買って、ぼくはそこに住む。美奈がぼくのところに来たくなったら来てくれればいい。そうじゃなくても、ぼくは美奈をあきらめない。ずっとそばにいて、美奈にもアリスにも関わっていく」

絢一は何を言っているんだろう。

意味がわからない。

理解ができない。

この町に住む…？

どういうこと？

「遺産は生前贈与してもらって、脇坂家とは縁を切った。こっちから関わらないのと同様、向こうからも関わらない。もらったお金は大きいけれど、これまでのように贅沢三昧《ぜいたくざんまい》していたらすぐになくなってしまう。まあ、すぐに、ってことはないか」

絢一は、ふふっ、と笑った。

「ぼくはこれでもきちんと仕事をしてきたからね。そのときのご縁もあって、この街でも仕事を見つけた。給料は決して高くはないし、運転手に優雅に送り迎えしてもらう身分でもないから、自分で運転しなきゃならない。こういうところって車がないとやっていけないんだね。慌てて免許を取ったよ」

「え、この一週間で？」

さすがにそれは無理だ。

「免許そのものは持っているから、講習？　ちゃんと運転できるのかどうか、っていうやつ」

ああ、それなら大丈夫か。

「完全にペーパードライバーだったから思い出すのに時間がかかったけど、無事にマニュアルも乗れるようになったし、いざとなったら運転関係で何かやるよ。あ、ここでの仕事はいくつかの会社の税理士なんだ」

「税理士？」

それも資格がいるんじゃなかったっけ。

「ぼく、いろんな資格持ってるから。その中でどれが使えそうかな、と思ったら、声をかけてくれた人が、腕のいい税理士がほしい、料金が安くてもやってくれる人がありがたい、って言うからさ。まあ、お金はそんなにもらわなくてもいいかな、って。いくつかやれば、普通に食べていけるぐらいにはなるよ。家は生前贈与されたお金で買ったから、これからずっと家賃はいらない。あと、このあたりは土地も家が本当に安くてびっくりした。二階建てで五ＬＤＫあるのに、え、その値段なの？　みたいな。だから、固定資産税も安い。ありがたいことだね」

「そうなの。うちの家賃も安いわよ」

店賃も安い。不動産も物価も安いのは、長い目で見るとありがたい。

「というわけで、結婚を前提としておつきあいをしてください」

絢一が頭を下げた。

あ、そうか。普通に話していて、肝心な部分を考えてなかった。

だって、意味がわからないんだもの。

こんなの現実なわけがない。美奈がずっと望んでいたことが、こんなふうに起こるわけがない。

「それは…」

何を答えるとも決めてないまま口を開いた瞬間、インターホンがすごい勢いで鳴った。

ピンポンピンポンピンポンピンポン。すぐに、ドンドンドンドン、とドアを叩く音に変わる。

こんな時間に、いったいどうしたんだろう。ドアの外にいる人はすごく焦っている。

まさか、お店が火事とか！　元栓はきちんと閉めたし点検もしてきたけれど、それでも事故が起きるときは起きる。

美奈は慌てて玄関に向かった。ドアを開けた瞬間、人生で二度と見たくなかった顔が飛び込んでくる。

佐江子だ。

「なっ…」

美奈は後ずさった。
怖い。
その感情が最初にやってきた。
会わなくなって何年たったたところで、この人のことは怖い。
二度と会わない。
そういう約束だった。
それなのに、どうして。
動けない。
怖い。
この人が、怖い。

第七章

佐江子は美奈のことなどまったく見ずに、家の中にずかずかと入ってきた。

「絢一！」

絢一を見て、目をつりあげる。

「バカなことをしてないで、いいかげん家に帰ってきなさい。籍を抜いたところであなたは私の息子なんだし、これからも一生親子なのよ。だったら、家にいた方がいいでしょ。こんな田舎に引っ込んだって、楽しいことは何もないわよ。あなたが好きなオペラも歌舞伎も美術館もほかの文化的なことからも離れてしまうわ。一時の反抗心でみっともない真似《まね》をするのはよしなさい」

絢一は何も言わない。

美奈は何も言えない。

「新しい結婚相手もきちんと探すわ。もしくは、ものすごく譲って、あの女でもいい。子供も連れてくればいいのよ。それであなたが気が済むなら、そうすればいい。とにかく、家を出るとか独立するとか、そういった世間知らずなことはやめてちょうだい。私がこの何日か、どれだけ陰口を言われたかわかってる？　息子に捨てられたかわいそうな女って思われてるのよ。冗談じゃないわ。こんなに愛情を注いで三十歳まで育てたのに、くだらないことで反旗を翻すなんて。あなたは知らないのよ。家を保つことがどれだけ大変なのか。

生前贈与をもらって逃げるなんて許さない。あなたには脇坂家の子供としてやるべきことがあるの」

すごい、と美奈は思った。

ここまで自分勝手な理論を展開する人をはじめて見た。

佐江子は絢一のことを愛しているんだろうな、と思っていた。末っ子だから溺愛していて、それで、美奈のような女が結婚相手になることが許せないいんだ、と。

ちがう。

絢一のことはたしかに愛しているかもしれない。

だけど、そうじゃなくて。

自分の思いどおりにいかないものはすべて許せない。

そういう人なのだ。

「やるべきことって何？」

絢一は穏やかだ。特に怒ってないのは、こういうことを言われ慣れているからだろうか。

親に捨てられたことはとても苦しかったしつらかった。その前に両親が仲が悪いのも悲しかった。

それでも、こんな母親ならいない方がよかったと思ってしまう。

こんな人に育てられて、よく絢一はまっすぐ育ったものだ。

やさしくて、思いやりがあって、人の立場にたって考えられて、何か起きたときに他人のせいにしない。

そういうところがとても好き。

うん、いまも好き。

「それはあなたがいま知ることじゃないの」

「言ってくれたら考えてもいいよ」

絢一の声にからかいが混じっている。本気で考えるつもりはないのだろう。

「あの女から何を聞いたか知らないけれど、全部嘘よ。あなたの同情を引くために、なんでも言うの、ああいう女は。水商売やってて、男に媚《こ》びて生きてきたんだから。あなたみたいに純粋培養の男性を籠絡させることなんて赤子の手をひねるようなものよ」

そんなことを言いながら、佐江子は美奈のことをけっして見ない。ここにいないようにふるまっている。いまだに美奈のことを許してないのだ。

でも、それでいい。

美奈だって佐江子のことを許してないし、一生許すつもりもない。

絢一が脇坂家に戻るなら、そこでこの縁はおしまい。佐江子とたとえ一瞬でも顔を合わせる可能性があるところになんか行きたくない。

「美奈は何も言ってないよ。だから、母さんが何をしたかも知らない。でも、いまのでよくわかった。よっぽどのことをして、それを言われると困るんだよね。見抜けなかったぼくがバカだった。母さんはぼくのことをバカって言ったけど、母さんのことを信じてたのがバカだったんだよ。美奈を信じるべきだった。信じなきゃいけなかった。美奈こそが、ぼくのすべてだったのに」

ありがとう。

心の中でそうつぶやく。

きちんと当時のことに向き合って、そう言ってくれる。

もう十分。

あのときのつらくて苦しかったことはこれからも消えない。だけど、アリスは無事に産まれて、お店も最初こそつまずいたものの順調で、これからもそうであればいいと思う。もし無理だったとしても、普通に働こう。

何をしてでも、アリスをきちんと育てる。

その決意はある。

そして、もうひとつ。

もらったお金は返そう。

あんなもの、いらない。持っていたくない。

「あの女、私から一億を受け取ってあなたを捨てたのよ。あなたに会わなければ十年ごとに一億を渡すって条件で身を引いたの。あなたがあの女をどんなに愛していても、あの女は一億の方が大事なの。あ、そうそう」

佐江子がくるりと美奈を振り向いた。

存在してるって認めてくれたのかしら。

冷静にそう思う。

そして、やっぱりお金のことを言い出すんだな、とも。

どういうときに何を言えばいいのか、ちゃんとわかっている。そういう計算ができる。

本当に冷酷な人。

一生許さないし、一生大きらい。

「こうやって会ったから、お金は返してもらうわよ。一億、耳をそろえて返してね。もし返せないなら、絢一と二度と会わないでちょうだい」

佐江子は、それが最大の攻撃だという表情をしていた。

返せるはずがないんだから、絢一とは会わせない。

つまりは、そういうこと。

一億からいくらかは使った。使わないと生活が始められなかった。だけど、お店が軌道に乗ってからは、使った分はすべて返してある。そのあとはどうもしていない。利息は微々たるものだけど、その分だけ増えているだろう。

「どうぞ」

美奈はリビングの小物入れから通帳を取った。

美奈は佐江子に通帳を渡す。

「一億あります」

「いらないわよっ！」

佐江子が通帳をはたき落とした。

「一億あることぐらいわかってるわ！　こっちだって通帳の中身は見れるんだから！」

あ、そうか。これは佐江子と共有してるんだった。あと何年かしたら、また一億を振り込むために。

だったら、なんのためにそんなことを言ったのだろう。

「どうして、そんなにあっさりと返すのよ！　何よりも大事なお金じゃないの！」

なるほどね。

美奈は納得した。

美奈が返すのをしぶって、ほらね、お金目的なのよ、とやりたかっただけだ。

すごい。美奈のことを全然理解していない。

お金はとても大事。

それでも、お金よりも大事なものはある。

佐江子からもらったお金はもとから自分のものじゃないんだから、返せと言われればいつでも返す。

「何よりも大事なのはお金じゃなくてアリスです」

それと絢一。

これからどうなるのかわからないけれど、美奈が全身全霊をこめて愛してる人。

「あ、そうか。孫がいるのね。見せなさい」

「母さん」

絢一が、はあ、と大きなため息をついた。

「あなたがいらないって追い出した子に、どうして会いたいんだよ。もういいから帰ってほしい。言っておくけど、不法侵入だから」

「なに言ってるの」

佐江子がバカにしたように笑う。

「私は招かれたのよ。だから、入ってもいいの」

「美奈は、どうぞ、って言ってないよ。勝手に入ってきたんだから、警察呼ぶよ」

「どうぞどうぞ」

　佐江子が勝ち誇っている。

「脇坂家の現当主の妻を警察が逮捕するとは思えないけどね。呼びたいなら呼べばいいわ。急に呼び出されて、おかしな因縁をつけられているんです、ってしおらしい態度でいたら、あなたたちが困るだけよ」

「あのさ」

　絢一が憐《あわ》れむように佐江子を見た。

「そんな醜い感情しか抱いてない人が母親って、どういう気分かわかる？　最悪だよ。あなたから生まれたなんて信じたくない。ぼくは、本当にあなたのことを見ていなかった。ううん、見ないようにしていたんだと思う。深く関わるのすら面倒だから適当につきあっていれば勝手に機嫌がよくなってるし、そのうち家を出たら一年に一回しか会わなくていい、と考えてた。兄たちとそういったことを話したことはないけれど、年に一度しか帰ってこないのはあなたに会いたくないからだと思わない？　ぼくの決意を伝えたときに、全力で応援するからがんばれ、って言われたし、海外から帰ってこない父さんも、何かあったときにはどうにかするから、やりたいようにやればいい、って言ってくれたよ。あなたの味方、だれもいないんだよ。気の毒だね」

　ああ、そうか。

　みんな、佐江子を捨てたんだ。だから、だれもあの家にはいないんだ。

絢一が最後の希望だったのか。

それは、少し気の毒だと思う。

自分のせいだとしても、一人になるのは耐えられないのだろう。

だから、絢一に執着した。

「そんな私の言うことを信じて、この女を捨てたくせに、えらそうなことを言われる筋合いはないわ。いいから、帰るわよ」

まったく傷ついているふうもない。

それもまたすごい。普通はあれだけ言われたら、少しはこたえそうなものなのに。

「他人を自分の思うがままにできるわけがないって、いいかげん気づいた方がいいよ。父さんは家に帰ってこない、息子たちは家に寄りつかない、友達もいない。あなたの周りにはだれもいない。ぼくは、そんな孤独な人生を送りたくない。心から愛した人と温かい家庭を作りたい。もうほっといてくれないかな」

「冗談でしょ。あなたは私の息子なの。私が好きにする権利があるの」

「もう縁は切ったよ。なんの関係もない」

「私は認めてないわ。そんなの無効よ」

「弁護士に頼んだから、法的に完璧に有効です。籍を抜いたところで親子というのは変わらないけれど、そこもいろいろ動いているから」

ピンポーン。

さっきとはちがって、ゆっくりとインターホンが鳴った。

だれだろう？

美奈にはまったく心当たりがない。

「あ、来てくださった」

絢一には心当たりがあるらしい。立って、玄関に向かう。ガチャリ、とドアが開く音がした。

「わざわざすみませんね。ぼくが言ってもわかる人じゃないんで、本当に申し訳ないです」

「いえ、脇坂家ご当主さまより直々のご依頼を受けておりまして、動向はいつも見張ってました。動かれたので、追いかけてきたのです。中に入ってもよろしいですか？」

「どうぞ。二度とぼくと会わないようにしてください」

「かしこまりました。それではそのようにさせていただきます」

だれだろう？　そんな権力のある人がいるんだろうか。

絢一とともに入ってきた人を見て、佐江子の瞳が輝いた。

「あら、月野《つきの》じゃない」

「おひさしぶりでございます」

「この人、有能な弁護士。うちの顧問でもあるの。ねえ、月野、絢一はうちの息子なんだから、この女が産んだ子もうちの孫ってことよね？　連れて帰ってもいいんじゃないかしら」

血の気が引いた。

怖い、という言葉よりもさらに強烈なものが美奈を襲う。

この感情をどう表していいのかわからない。

鬼、悪魔、ひとでなし。

それでも足りない気がする。

まさか、佐江子がそんなことをしようとしてたなんて。

「奥様は、絢一さま、および石垣美奈さま、そのお子様に二度とお会いできません。絢一さまからの接近禁止令もございますので、つぎにこのようなことをなさったら警察に話がいくと思っていてください」

「私を逮捕でもするの？」

佐江子は笑っている。冗談とでも思っているのだろう。

月野の顔は本気なのに。

この人は本当にわからないんだ。自分だけの世界で生きているんだ。

怖い。

すごくすごく怖い。

こういう人がいるという恐怖。

「はい。それが旦那様のご要望です。そして、逮捕されたら離縁するとのことでございます。よく考えろ、ぼくは本気だ。それが旦那様のメッセージでございます」

「バカじゃないのっ！」

佐江子が激昂《げっこう》した。

「そんなのできるわけないでしょ！　月野、できないわよね。できないって言いなさい！」

「わたくしがここにいることがすべての答えだとお考えになってください」

佐江子は美奈をにらみつけた。

「おまえのせいで！　私の人生のすべてが狂った！　おまえのせいだ！　おまえの、おまえの、おまえの！」

パシン！　と鋭い音が響く。

美奈は自分が叩いたのかと思った。そのぐらい、佐江子の声を聞きたくなかった。

でも、ちがった。

あの絢一が怒りを顔いっぱいに浮かべて、思い切り佐江子の頬を叩いていた。

「あなたと二度と会わないことが、こんなにも幸せだと思ったことはない。もう母親だとも思わない。これまで育てていただいてありがとうございました。今後はぼくとはまったく関係ない生活を健やかにお過ごしください。あなたのことが大きらいです。さようなら」

佐江子は頬に手を当てて、ふん、と鼻を鳴らす。

「私だって、あなたのことなんかかわいがってないわ。失敗作ね、あなた。私だって、あなたに未練なんかないわよ。さようなら」

すっと背筋を伸ばして、すたすたと玄関まで歩いていく。月野が絢一に頭を下げてそのあとを追っていった。

「ごめん」

絢一は、ぽつん、とつぶやく。

「本当にごめん。もうちょっとまともな人かと思ってた。全然ちがった。ごめんね、美奈、ごめん。あれが美奈に向かったのか。怖かったよね。本当にごめん。どうしよう…。ぼく、本当に何にもわかってなくて…」

絢一が涙声になっている。美奈はそんな絢一をそっと抱きしめた。

「あの人が母親なんて気の毒ね」

絢一の髪を撫でる。

「でも、わたしも人のこと言えないわ。あんたなんかいらない、って両親ともに捨てられたんだし。絢一はまともなお父様がいてうらやましい」

「…まともだったら、自分だけ逃げない」

それはそうかもしれない。

だけど。

「治らないと思うの」

ああいう人に生まれついた。それは、だれの罪でもない。

絢一の父親も、どうにかしようとしたのかもしれない。絢一の兄とか、ほかの人たちも。

それでも無理だった。

だから、離れた。

それはしょうがない。

美奈だって、佐江子のことが本当に怖かった。逃げるしかなかった。

そういう人がこの世に存在しているのだ。

「ぼくも、ちゃんと美奈に向き合わなかった。逃げるわけなんてない、そんな子じゃない、ってわかってたのに、自分の傷のことしか考えてなかった。美奈のつらさを想像すると…本当にごめん。ごめんね…」

美奈のために泣いてくれる人。

そんな人と恋に落ちて、子供もできた。

それ以上の幸せなんてない。

「いいの。悪いのは絢一じゃない。わたしだって、何も伝えずに逃げたんだからおんなじよ。絢一かアリスか、どっちかしか選べなくてアリスを選んだ。だから、絢一もわたしに怒っていいんだよ」

「そんな選択をさせる方が悪い」

そう言われた瞬間、ぽつり、と涙がこぼれた。

だれかにそう言ってほしかった。

そんな選択をさせられるのはまちがっている、と。美奈は何も悪くない、と。

「うん…、うん…」

絢一をもっとぎゅっと抱きしめて、美奈はただ涙を流す。絢一の手が背中に回った。

そのまましばらく抱き合って、二人で泣いた。

これまでのすべてを流すかのように。

過去をきれいにするかのように。


「結婚してほしい」

絢一に言われて、美奈はうなずいた。

「うん、結婚したい」

二人のまぶたは腫れきっている。こんなに泣いたの、人生ではじめてかもしれない。

絢一と別れたあとも、さすがにここまでは泣かなかった。両方の鼻もつまって、途中で、窒息しそう！　って叫んだぐらいだし。

「でも、アリスがいいって言ってくれたらね…、アリス！」

あの騒動の中、アリスが起きてこなかった。

でも、もし、起きていたら？　起きて怖い思いをしていたら？

佐江子の登場で、思考がとまった。アリスのことを考えられなくなった。

自分の恐怖にがんじがらめだった。

母親失格だ。

美奈は慌ててアリスの部屋に入る。

アリスはいつもと変わらず、すやすや寝ていた。そのことにほっとすると同時に、もっと自分を責めたくなる。

わたししかアリスを守れないのに。両親が喧嘩して何度も傷ついた過去があるのに。

それよりももっとひどい人が、ひどいことを言っていたのに。

わたしは何をしていたの…？

「やっぱり、だめ」

美奈はドアを閉めてから、絢一にそう告げた。

「わたし、あの人がおかしなことを言っている間、アリスを守らなきゃ、って考えられなかった。二度と来ないって保証はない。あの人は何をするかわからない。だから、だめ。絢一のことは好きだけど…」

ふわり、と絢一の手が美奈の体に回される。その手にすがってしまう。

こうやって、だれかに抱きしめられることもひさしぶりすぎて、その温《ぬく》もりが心地よすぎて、離れたくない。

でも、だめ。

アリスを守る強い母親。

そうなれなくなる。

「ぼくが守るよ」

絢一が美奈の耳元でささやいた。顔を見たいけど、そうしたら流されてしまいそう。

それは困る。

「美奈が一番大変なときになんにもできなかった。だから、これからはぼくに頼ってほしい。何をしてでも、美奈とアリスを守る。美奈にもアリスにも絶対に会わせない。いまは信じられないかもしれない。でも、信じられるようになったら、ぼくとの結婚を前向きに考えてほしいんだ。ぼくはずっと待っている。そして、できたら、アリスの妹も弟も欲しい。たくさん、子供が欲しい。今度はずっと美奈についていて、おなかをさすりたい。ああ、ぼくはどれだけのことを見逃したんだろう！　これからはアリスのことを猫かわいがりするよ」

「だめよ！」

美奈は、くるり、と絢一の方を向く。

流されてもいい。

そう思った。

今日のことは反省はする。つぎから、何かが起こったときにまずはアリスのことを考える。いままでだって、そうしてきた。これからだって、そうできる。その自信はある。

ただ、今日は無理だっただけだ。

美奈を恐怖のどん底に突き落とした悪魔のような人が現れて、思考が停止した。過去のことがどんどん思い浮かんで、動けなくなった。

でも、つぎからは戦えるはず。

ちゃんと戦いたい。

「親はね、きちんとしつけることも大事なの。猫かわいがりだけしてたら、アリスにはきらわれないだろうけど。アリスの成長に大事な部分が欠けたままになる。猫かわいがりするんだったら、あなたはいらない」

「しつけるんだったら、ぼくは必要？」

絢一がじっと美奈を見つめた。

そのまなざしがとても真剣だ。

本気で聞いているのだとわかる。

「うん、必要よ。だって、お父さんだもの」

「美奈には？」

「わたしにも必要。あなたを愛しているから」

美奈一人でもアリスを育てられる。

でも、一人で育てたくなんかない。

「ぼくも美奈を愛している」

絢一がほっとしたように息をついて、美奈を強く強く抱きしめた。

美奈もぎゅっと絢一にしがみつく。

「でも、アリスの気持ちが最優先だから。お兄ちゃんじゃやだ、って言うなら、別居のままね」

「えー、それは困るな」

二人とも口調が軽くなっている。

大事なことは伝えた。

結婚する意思もある。

あとはすり合わせをするだけだ。

「アリスに、お兄ちゃんじゃなきゃやだ！　って言ってもらえるようにがんばろう。ところで、かわいいね、アリスは」

「そうなの。かわいいの。あなたに似てる」

アリスをほめられると嬉しいのは、絢一が相手でも変わらない。

「最初に見たとき、美奈に似てるな、って思ったよ。こんなかわいい子だったら、ぼくの子供じゃなくても愛せる、って。でも、どうしてかわからないけど、美奈がぼくの子供以外を産むはずないって確信してた。

美奈の妊娠にも気づかなかったのにね。ひどいよね」

「言わなきゃわからないわ」

気づいた佐江子がすごすぎるのだ。

あの人の動物的勘は本当に鋭い。

「わかりたかった。そうしたら、こんなに遠回りせずにすんだよ」

「遠回りも悪くないわよ」

美奈はにこっと笑う。

「もし、はもう考えないことにしたの。遠回りしたからわかったことがあって、わたしには絢一が本当に必要なんだと実感できた。過去のことを思い出している暇なんてないわ」

「強くなったね」

絢一がまぶしそうに美奈を見た。

「子供を産むとね、強くなるのよ」

美奈はいばる。

「そんな美奈は魅力的だよ。あのね、ものすごく図々しいお願いだとはわかってるんだけど…」

「抱いて?」

ひさしぶりに、そう口にした。

絢一が何を望んでいるのか。

美奈が何を望んでいるのか。

それはもうわかっている。

どっちが誘ってもいい。

絢一に抱かれたい。

「いいの？」

「いいの。抱いてほしい」

四年ぶりのセックスは、いったいどんな感じだろう。

それは、とてもわくわくする。

「喜んで」

絢一は美奈の手を取って、そのまま、ふわっと抱きあげてくれた。お姫様抱っこをされると幸せな気持ちになる。

「いつまでこれができるかな？」

「足腰を鍛えないとね。できるだけしてほしい」

「了解」

絢一が笑う。

その笑顔が好き。

「絢一」

「ん？」

「愛してる」

本当に愛してる。

「ぼくも美奈を愛してる」

あのころ、頻繁に愛の言葉をかわしていた。そうやって言葉にするたびに胸がいっぱいになった。

いまもそう。

涙が出そう。

愛してる、愛してる、愛してる。

あなたのことを。


おたがいに性急に洋服を脱いだ。何度も口づけを交わしながら、ベッドに沈みこむ。

絢一が美奈の髪を撫でながら、首筋にキスをした。

「んっ…」

美奈の口から甘い声がこぼれる。

「きれいだね」

絢一が美奈を見て、そうつぶやいた。

「ホントに…?」

子供を産んで、体は変わっているはず。でも、どうなんだろう? その前後をだれにも見せてないし、自分でも特に気にしてはいなかった。

いまもきれいだと思ってもらえるなら、それは嬉しい。

「うん。ずっと夢見てた美奈の体だ」

「よかった」

がっかりされるよりは、そう言われた方がいい。

「おっぱいは形がいいままだね」

絢一がふわりと美奈のおっぱいを包む。

「はぁ……ん……」

あまりの快感に声がこぼれた。

四年間、セックスすることもなく、その欲望すらなかった。アリスが産まれるまではこの体の中にいる大事なものを守ることに必死で、アリスが産まれてからは大変なこともちろんあったけど、かわいくてしょうがなくて。

この子さえいればいい。わたしの人生はそのためのもの。

そう考えて生きてきた。

全部忘れたはずだった。

なのに、こうやって絢一の手に触られると、そうじゃなかったことがわかる。

まったく忘れてなかったのだ、と。

これを望んでいたのだ、と。

思い知らされる。

「相変わらず感じやすい」

絢一が嬉しそうに笑った。

「そんなこと…っ…」

感じやすい体にさせられたのだ。何も知らなかった美奈に、セックスのすべてを教えてくれた。

絢一に作り変えられていくことが嬉しくて、気持ちいい部分が増えるたびに幸せだった。

絢一が美奈のおっぱいをゆっくりと揉みしだく。

「あぁ…っ…」

絢一とするセックスが大好きだった。愛されていると思えた。

そのときの感覚を思い出す。

「すごくやわらかい。美奈のおっぱいはふにふにしてて、触ると気持ちいいんだよね」

「やっ…」

そういうことを言われると恥ずかしい。恥ずかしいのに、体の奥の方がじんとなる。

絢一はそれも知っている。

絢一が、ちょん、と乳首をつついた。

「ひっ…ん…！」

美奈の体が跳ねる。

「乳首がおっきくなった」

ほぼ母乳で育てていたから、乳首は大きくなったし色も変わった。それがいやなんだろうか、と不安になって絢一を見ると、絢一が愛しそうに美奈のおっぱいを見つめている。

「この乳首もすごくいい。やらしい。美奈の体は本当にやらしくていいよ」

よかった。いやじゃないみたい。

「いっぱいいじろう」

絢一が乳首を指でつまんだ。反対側には舌を這わせる。

両方の乳首を責められて、美奈の体の熱があがっていく。

「んっ…あぁん…やっ…」

くりくりと乳頭をこすられて、美奈の腰ががくがくと震えた。そうされるのにすごく弱い。

ちろちろと舌でもおなじように乳頭を刺激される。

ぷつん、ととがった乳首が美奈に快感を送りこんでくる。

「ひゃ…ん…だめぇ…」

「だめじゃないよね」

乳首の根元から乳頭までを何度もなぞりあげられた。美奈の体が、びくん、びくん、と断続的に跳ねる。

「だめ…なのぉ…っ…」

「すごく気持ちよさそうだよ?」

乳首を含んだまましゃべらないでほしい。舌や歯が不規則に乳首に当たって、快感が強くなる。

乳輪をちゅぱちゅぱ吸われて、乳首を強く吸いあげてから離された。乳首がふるふると揺れて、見た目がすごくやらしく感じられる。

絢一はこうするのが好きだった。

美奈はそうされるのが好きだった。

なつかしい。

あのころを思い出して、涙がこぼれそうになる。

「はぅ…っ…ん…だめ…だって…ばぁ…」

こうやって甘えるのも昔とおんなじ。

「ホントに？」

絢一の空いている方の手が美奈の体に沿って降りていく。

そうやって触られるだけで、もう気持ちいい。

「だめなら、ここはどうなってるんだろうね」

絢一が美奈の足を、ぐいっ、と開いた。

「やっ…！」

美奈は慌てて、足を閉じようとする。

だって、もうそこは…。

「だめだよ」

絢一は微笑んだ。

そう、意地悪をしたいときにこういう笑顔をする人だった。

あのころと何にも変わっていない。

それが嬉しい。

わたしの知っている絢一がここにいる、と思えるから。

絢一が美奈の足の間に体を割り入れた。これで閉じられなくなってしまった。

絢一の手はどんどんとそこに近づいていく。

「んっ…ふぅ…っ…」

そんな声がこぼれた。

「期待してる？」

「してなっ…」

美奈は首を振る。

「そうなんだ？　ぼくは期待しているよ」

絢一の手がいったん太腿に置かれた。そこから、つーっ、と指でなぞりあげられる。

「はぁ…っ…ん…」

美奈の弱いところ、弱い触られ方を知っているだけに、簡単に熱が高められてしまう。

内腿《うちもも》に指が滑り、そして、そのまま…。

「あぁっ…あっ…！」

絢一が美奈の秘部を撫でた。

「すごい濡れてる。美奈、濡れやすいもんね」

絢一がとても楽しそう。

「知らなっ…」

絢一のもとを去ってから、自分ですることもなかった。そういう気になれなかった。

忙しかったし、ちょっとでも睡眠時間を確保したかったというのもあるけれど。
絢一以外に触らせたくない。
そういう気持ちもあった。
またほかのだれかに恋をして、そういう関係になるまでは、そこには触れたくない。
そして、いま。
ほかのだれでもない絢一に触られている。
嬉しい、嬉しい、嬉しい。
涙がこぼれそうだ。
「ぼくは知ってるよ。ほら」
絢一が指を動かすと、ぴちゃぴちゃ、と濡れた音が響いた。
うそ…。こんなに濡れてるの…?
性欲とかそういうものも感じなくて、枯れ果てたのかと思っていた。
でも、ちがった。
好きな人に触られると、こんなにも濡れる。
「やぁ…っ…恥ずかしっ…」
頬が熱くなっている。顔も赤くなっているんだろう。
「恥ずかしがる美奈はかわいい」
絢一が目を細めた。乳首にちゅっとキスをしてから、美奈にもキスをくれる。

さっきから、ごく自然にキスをする。

まるで恋人だったときみたいに。

それが、とても幸せ。

「まずはこっちを触ってあげる」

絢一の指が上に動いた。

「やっ…だめっ…そこは…っ…」

つん。

クリトリスをつつかれる。あまりにも強烈な刺激に、美奈の体が大きくのけぞった。

「あぁぁ…っ…」

イクかと思った。そのぐらい強い快感。

「いい反応」

絢一がクリトリスをやわらかくつまんで、左右に揺らす。ずくん、ずくん、とすごい快感が体中に送り込まれた。

「ひっ…ん…はぅ…っ…あぁん…」

くりくりと擦られて、腰が勝手にくねりだす。

「イク…イッちゃ…絢一…そこは…もっ…」

「いいよ」

絢一はクリトリスを離さない。

「何度でもイケばいい。美奈のそういうところが大好きだよ」

「ど…いう…とこ…っ…？」

はしたなく何度もイクところ？

「ぼくとのセックスが気持ちよさそうなところ。ぼくも美奈とするセックスが気持ちいいから、すごく嬉しい」

にこって笑う絢一は、とてもかわいらしい。

育ちのよさが出てるというのか、本当に純粋に喜んでくれているのがわかる。

そう、絢一の言葉には嘘がない。裏を読んだりしなくてもいい。

そこがとても好き。

絢一には好きなところがたくさんある。

「イッてみて？」

絢一がゆっくりとクリトリスを上下に撫でた。

「あっ…だめっ…やっ…それは…だめっ…！」

腰が何度も跳ねる。

我慢したい。こんなに簡単にイキたくない。

それなのに、だめだった。耐えられなかった。

絢一がまたクリトリスをつまんだ瞬間、美奈は絶頂を迎える。

「あぁぁっ…っ…！」

びくびくっ、と体が震えた。

「イッたね」

絢一が美奈の唇をやさしく食《は》む。

「いい子」

いい子、って言われるのと、なんだか嬉しい。心がほんわかする。

荒く息をついていると、絢一の指が今度は下に降りた。

「待って…！　ちょっとおやすみ…っ…」

「しないよ」

絢一が、つぷん、と美奈の膣に指を入れる。

「ひゃぅ…っ…！」

そこに指を受け入れるのがひさしぶりすぎて、きゅっと膣が縮んだ。

はじめてのときのような緊張感を覚える。

「美奈の中だ」

絢一が嬉しそうにつぶやいた。

「すごいぬるぬるしてる。感じてるんだね。嬉しい」

絢一のこの素直さは、本当にすごいと思う。

どんなときでもまっすぐに正直に思いを届けてくれる。

「動かすよ」

絢一の指がぐいっと奥に入ってきた。

「んぁ…っ…」

美奈の膣がそれを自然と締めつける。

「ひくついた」

「言わないでぇ…」

すごく恥ずかしいけど、すごく感じる。

そういう美奈のことも絢一がよくわかってくれている。

絢一の指が抜き差しを始めた。ぐちゅ、ぐちゅ、と愛液が音を立てる。

「あぁ…っ…やっ…」

足りない。

もっと欲しい。

もっともっと欲しい。

「どうしたの?」

絢一が美奈をじっと見つめた。

「目がうるうるしてる。痛かった?」

ちゅっと目尻にキスをされる。

「そんなことはっ…」

感じてるからだとわかってるくせに、こういう意地悪を言う。そんな絢一がとても魅力的だと思う。

そう、結局のところ、恋をしているのだ。

いつまでたっても、絢一に恋をしている。

だから、なんだっていい。絢一にされるすべてのことが嬉しい。

「痛くはない？」

「痛く…ないっ…」

「こうやっても？」

「いやぁ…っ…！」

奥を擦りあげられて、美奈は大きくのけぞった。

「あ、いやなんだ。ごめんね」

にこにこしながら謝るのは、本気じゃないから。

「ちがっ…」

それでも、焦らされたくなくて美奈は否定する。

「ちがう？」

「ちがう…っ…」

「じゃあ、どうしたの？　言ってごらん」

やさしい声色で悪魔のささやき。

「入れてぇ…っ…」

美奈が言うまでしてくれない。

それはもう知っている。

「指を？　入れてるよ」

まだまだ意地悪をするつもりらしい。

「絢一の……っ……」

「うん？」

「これをっ……」

美奈は絢一のペニスを手で触った。

熱い。

その温度にびっくりする。

ペニスを触ったのもずいぶんひさしぶりで、どういう感触なのかも忘れてしまっていた。

そうだ、こんなに熱くて硬い。

……硬い。

嬉しい。絢一が自分を欲しがってくれている。

「大胆だね」

絢一が少し腰を引いたのは、本気で驚いたからだろう。

その証拠にペニスは萎えることなく、むしろ硬度を増している。

あ、そうだ。

美奈は反撃することを思いついた。

絢一も感じてもらえばいい。

絢一のペニスを手で包むと、ゆっくりと上下に擦る。先端を指で撫でると、そこは、ぬるり、としていた。

絢一も濡れてる。嬉しい。

絢一はしばらく美奈のしたいようにさせてくれて、美奈の手をそっとはがした。

「入れるよ」

膣から指を抜いて、蜜口にペニスを当てる。

熱い。

また、そう思う。

絢一のペニスはとても熱い。

何度か蜜口をぬるぬると擦ったあとで、ペニスが、ずぶり、と入ってきた。

「あぁあっ…！」

それだけでイッてしまいそうになる。

膣をいっぱいにされている感じは、絢一のものになったみたいでいつも幸せだった。

いまも幸せ。

すごく幸せ。

美奈の中をたしかめるように、絢一が慎重にペニスを進める。細いとこ、太いところ、そして、また細いところ。

そうやって通っていくのがわかる。

ああ、絢一のペニスだ。

勝手にいなくなったあの日から、考えないようにしていた。夢でそういうのを見ることもなかったし、セックスのことは頭から追いやっていた。

だけど、いま、こうやって埋め込まれて。

ずっとこれが欲しかったのだと思い知る。

美奈は絢一の背中に手を回した。ぎゅっと抱きついて、肌を密着させる。

温かい。

絢一がここにいる。

絢一は美奈の髪を撫でると、ペニスを動かしだした。

ここからは、ほとんどしゃべらない。いつもそうだ。

美奈の中のいいところを見つけようとしているのか、それとも、絢一自身も快感を追っているのか。

そういうのは聞いたことがない。

ただ、この沈黙の瞬間も好き。

ぐちゅん、ぐちゅん、と愛液の音が激しくなった。

「あっ…あぁっ…はぁん…っ…」

美奈のあえぎが響き渡る。

アリスに聞こえないように小さくしているつもりだけど、ちゃんとコントロールできているのかは不安だ。

だって、気持ちいい。自然に声がこぼれてしまう。

絢一はペニスを蜜口付近まで、ずるり、と引き抜いた。そこから、ぐん、と奥まで一気に埋め込む。

この満たされる感覚が大好き。

「あぁん……っ……！」

そのまま奥をペニスで小刻みにつつかれた。美奈の体がびくびくっとなって、膣がペニスにまとわりつく。

膣はうねうねして、もうすぐイッてしまいそうだ。

「絢一……っ……」

「なあに、美奈？」

呼べば、やさしく返事をしてくれる。

これを求めていた。

ずっと、ずっと。

「イク……っ……」

四年ぶりの快感に翻弄される。

「イッていいよ」

絢一が一定のリズムで奥を突く。そうされると絶頂へまっしぐら。

「あっ……あぁっ……あっ……」

膣が痙攣するようにうごめいて、美奈はぎゅっと手を握りこむ。絢一の背中に爪を立てたくない。

絢一が少し腰を引いてから、また奥を突いた。

その瞬間、美奈は叫びながら達する。

はあ、はあ、と荒く息をついていると、絢一がまたペニスを動かし始めた。

「え……?」

「ぼくはイッてないよ」

絢一がにっこり笑った。笑顔なのにとても意地悪そうで、それがかっこいい。

絢一なら、なんでもかっこよく見える。

「美奈もこれぐらいじゃまだ足りないでしょ。いっぱいしようね」

いやだ、と言うこともできた。そうしたら、絢一はやめてくれる。無理強いをする人じゃない。

なのに。

美奈はかすかにうなずいてしまった。

だって、足りない。

「いい子」

いい子、と言われると、いつだって心がほわんとなる。

絢一がさっきよりも激しく腰を揺する。膣が擦られて、じゅぶじゅぶと濡れた音が響く。

絢一の精液が美奈の中に注がれたとき、すべてが満たされた。

もし、これでまた絢一の子供ができたら嬉しい。

本当に嬉しい。

そのあとは、数え切れないほどイカされた。絢一もイッた。

ぐちゃぐちゃになる。

その意味をはじめて知った。

こんなに何度もセックスをしたことがない。

体中に絢一のいろんなものがついていて、絢一にも美奈のいろんなものがついている。

それが混ざり合って、本当にぐちゃぐちゃだ。

それがこんなに幸せだなんて。

美奈が覚えているのは、絢一の笑顔。

それを最後に意識を手放した。

セックスで気絶するなんて、もちろんはじめてのことで。

…幸せ。

心からそう思った。

こんなに絢一とセックスができて幸せだと。


翌日、起きたら絢一がいなかった。

「もしかして…、あれは夢…?」

長い長い夢だった?

「おなかすいたー!」

アリスの元気な声がリビングから聞こえてきた。

ああ、そうか。アリスのごはんを作らなきゃ。

アリスと二人で生きていかないとね。

ふう、と小さくため息をついて、美奈は起き上がる。

ずくん。

膣の中がうずいた。

それだけでわかる。

あれは夢じゃない。

きちんとパジャマを着てるのは、絢一がやってくれたんだろう。

浮き立つ気持ちを抑えて、美奈はなにげない顔で部屋をドアを開けた。絢一がアリスを抱っこして、立っている。

ああ、これだ。

美奈は涙がこぼれそうになるのを必死でこらえた。

わたしが望んでいたのはこれだ。

「おはよう」

絢一が微笑む。

「おはよう」

美奈も微笑み返す。

「おはよー!」

アリスの元気な声に、美奈と絢一が同時に、おはよう、と答える。

家族みたい。

ううん、家族なんだ。

それが嬉しい。

とても幸せ。

これから、アリスと絢一が仲良くなってくれるかはわからない。もしかしたら、三人で暮らせる日は遠い先かもしれない。

でも、それでいい。

焦らない。

だって、大事なものはすべてここにある。

それ以上のことなんて望まない。


「荷物はこれだけですか?」

引っ越し業者に聞かれて、美奈は、はい、とうなずいた。

日曜のお昼過ぎから始まった作業はすぐに終わった。

こっちに来て、自分でそろえた家具は全部捨てることにした。なるべく安いものを、といろいろなお店を回って買ったから思い入れはあるけれど、向こうに全部そろっているからいらない。

どう考えたって、あっちの方が質がいいし高そうだ。

「ママ」

アリスが美奈の手をぎゅっとつかんだ。

「どうしたの？」

「アリスね、お兄ちゃんのとこに行くの楽しみ！」

美奈を見上げて、にこっと笑う。

アリスはいまだに絢一のことをお兄ちゃんと呼んでいる。

あれから半年ちょっとがたち、絢一とアリスは本当の意味で仲良くなった。

アリスが、どうしてここにいないの？　帰っちゃうの？　やだ、一緒にいてほしい！　と泣いて絢一を引きとめたときに、結婚しよう、と決めた。

三人で決めた。

これからはみんなで暮らすけどそれでいい？

アリスにそう聞いたら、もちろん！　と何度もうなずいた。

そのときに絢一が父親だということは教えた。最初はきょとんとして、それから、アリスにもパパがいたんだね！　と喜んで、絢一を嬉しそうに見て、ぴょんと飛びついた。

受け入れられた絢一は泣いていた。頬を涙で濡らしながら、アリスをぎゅっと抱きしめていた。

この人の子供を産んでよかった。

その光景を見ながら、アリスも泣いた。

本当に幸せだった。

それでも、呼び名は変わらない。絢一を父親として見てないんじゃなくて、アリスの中には何かがあるのだろう。その感情をうまく口に出せないのかもしれない。

どうしてパパって呼ばないの？

一度だけそう聞いたことがあるけれど、んー、と困ったように眉をしかめてから、お兄ちゃんって感じだから、と言っていた。

きっと、そのうちパパと呼んでくれる。呼んでくれなくてもいい。お兄ちゃんって言われると若い気持ちになるからいいよ。

絢一は曇りのない表情で言っていたから、それは本音だ。

そういう大事なときに絢一は嘘は言わない。

「ママも楽しみよ」

「ママはお兄ちゃんをきらいになったことがあった？」

「ないわよ、一度も」

「じゃあ、どうして…」

いままで一緒にいなかったの？

それを聞いていいのかどうか、迷っているのだろう。

「アリスが大きくなって、それでも知りたかったら教えてあげる」

佐江子のことも包み隠さず。佐江子の怖さが理解できるようになるまでは教えたくない。本当なら、全部隠しておきたい。

だけど、アリスには知る権利がある。

どうして、生まれてから三年間、父親がいなかったのか、そのいきさつを知りたいというのなら教えるべきだ。

アリスが背伸びした。

「大きいよ？」

「かわいい！」

美奈はアリスをぎゅっと抱きしめる。

どうして、子供ってこんなにかわいいんだろう。

「おっきいのに、かわいくないよ！」

アリスがむくれている。それすらもかわいい。

「アリスが成人して、それでも知りたかったら教えてあげる。ママとの約束」

小指を出したら、アリスも小指を出した。小指をこつんと合わせて、指きりのかわり。昔から、そうやってきた。

アリスと二人で暮らしてきたときにできたルールはたくさんあって、そのすべてが愛おしい。

それにこれから絢一と三人のルールが加わっていく。

一緒に暮らすと衝突もする。それはわかっている。

そして、そのことすらも楽しみだ。

絢一と暮らせることが、とにかく楽しみ。

アリスの幼稚園も始まったので、平日はまだ白木に来てもらっている。幼稚園のお迎えは、美奈も絢一も行けない。二人ともその時間は働いている。お迎えから絢一が帰る七時までが白木に頼む時間だ。まだアリスちゃんと過ごせることが嬉しい、と白木は笑顔で言ってくれた。食事も作ってくれるので助かっている。明日からは絢一の家に来てもらうことになる。それも楽しみと言ってくれた。

お店では、結婚おめでとう、と常連さんたちからお祝いをいただいた。最初に常連になってくれたカナさんとユカさんは、これでおいしいビールでも飲みなさい、とビール券をかなりの額くれた。ビール以外にも使えるけど、ビールに使ってほしいわ。あたしたちが惚《ほ》れたビールを注ぐ人なんだから。にっこり笑ってそう言ってくれる二人に、こらえきれずに泣き崩れた。

この街にきて、本当にたくさんの出会いがあった。人に恵まれてきた。お店がうまくいっているのも、みんなが来てくれるからだ。

ありがたい。

これからも縁を大事にして生きていこう。

その日は、全部おごります、と宣言して、本当にお代をもらわなかった。

カナさんとユカさんも払おうとはしなくて、そして、たくさん飲んでくれて、ようやくちょっとだけ恩返しができた気がした。

結婚式はまだ考えていない。いつか、ちゃんと家族になったとみんなが思えたときにしようと思っている。

引っ越し業者を見送り、本当に何もなくなった部屋を見回して、美奈は、広いね、とつぶやいた。

「広いし、きれいだね！　こんなにきれいな部屋だったんだ」

アリスが、うんうん、とうなずいている。

「ね、きれいよね。写真撮っとこう」

美奈はアリスを立たせて、すべての部屋の写真を撮った。そのうち、これが思い出になる。

「さ、行こうか」

「うん、行こう！」

ぎゅっと手をつないで、玄関を出る。

お世話になりました。

心の中でそうつぶやいてから、ぺこりと頭を下げた。アリスもおなじように頭を下げる。

「どうしておじぎするの？」

「これまでありがとう、って」

「アリスもするー！」

ありがとう！　と言いながら、何度も何度も頭を下げるアリスに、美奈は泣いた。笑いながら泣いた。

ここで二人で暮らした日々はまぎれもなく幸せだった。

ありがとう。

そして、さようなら。


車で絢一の家に着くと、引っ越し業者がすでに作業を終えていた。玄関から出るところにばったり出会って、お世話になりました、と頭を下げる。アリスもやっぱり頭を下げた。

本当にかわいい。

絢一の家は美奈の住んでいたところよりは郊外にある。広い庭のついた一軒家で、そのうち、何か植えようかな、と思っている。

トマトとかキュウリとか、あったら助かりそう。お店で出すのもいい。

「おかえり」

玄関にいた絢一が美奈とアリスを出迎えてくれる。

「ただいまー！」

迷いもなくそうあいさつをするアリスに、絢一と目を合わせて、うん、とうなずいた。

これなら大丈夫。

スタートとしては大成功。

アリスと二人で通い慣れた絢一の家に入っていく。

玄関を入ってすぐに和室、その隣が広いリビングダイニングキッチン、廊下を隔てて向かいがお風呂とトイレだ。二階には四部屋とトイレがあって、全部で５ＬＤＫ。

「お兄ちゃん、どうしたの？　おとなしいね」

感無量という表情で立っている絢一に、アリスがそう聞いた。

「んー、なんかね、いろいろ嬉しくて。アリスがここに来てくれたことが一番嬉しいよ」

絢一がアリスの頭を撫でる。

「そっかー。お兄ちゃん、よかったね。アリスきたよ！」
元気に言うアリスに二人でふきだした。
これだから、子供がいる生活は楽しい。
絢一にはいっぱい、子供のかわいさを味わってほしい。
そして、子供の大変さも、もちろん。
自分たちはそうやって家族になっていく。
そのことが、本当に嬉しい。
たくさんたくさん回り道をしてきた。
それでも、いま幸せとまちがいなく言える。
ようやくみんなで家族になれた。
そんな日曜日の夜。

大切なものがふたつあって、そのどちらかを選ぶ。
そんな選択をしなければならなかった。
だけど、いまは両方とも自分の手にある。
泣いた日々もあったけど。
いま笑える。

それでいい。
それが、いい。

あとがき

はじめまして、または、こんにちは。森本あきです。

今回はシークレットベイビー。親子ものが大好きなので、よーし！　と思って書きましたが、とても大変でした。その苦労の分、楽しいお話になってたらいいな。


さてさて、最近のできごとなど。

…特にないですね。

こういうご時世だと、こんなことがありました！　っていうのがない。派手に遊ぶ、とかできないですもんね（もとからしてませんけど）。なんか、あっという間に時間が過ぎている。気づいたら、もう今年も半分以上がたっていて、ちょっとびっくりしてます。

あ、そうそう、私の住んでいる地域はもろに禁酒法（ちがう）の影響を受けてまして、あれですね、お酒が飲めないと外食しなくなりますね。

お酒を飲まない人にとっては、別にこれまでと一緒、むしろ、酔っ払いがいなくて平和なのかな、と思うので、別に悪いことばかりじゃないですけど、私は外食するときはお酒を飲みたいので、この二ヶ月ぐらい外食をしてないです。

私の大事な飲食店は大丈夫か、と心配したりもしますが、テイクアウトを活用して、お酒を飲めるようになったら来ますね、とお話をして、とにかくどこも無事でいてくれ、と祈るような気持ちでいます。いまのところ、どこもなんとかなっているので、このままでいてほしい。

何にも気にせず、だれかとわいわいお酒を飲みながら楽しくおしゃべりをする、そんな日々が一日も早く戻ってくれるといいですね。


なんか、まともなことを言っている（どこがだ。酒が飲めないのがいやだ、ってだけだろう）ので、話をきりかえて、恒例、感謝のお時間です。

挿絵は敷城こなつ先生！　すてきな絵をありがとうございます。今後も機会があれば、ぜひ、よろしくお願いします。

長いつきあいの担当さんには、本当に迷惑しかかけていませんが、ぜひ！　ぜひに！　今後ともよろしくお願いします。

それでは、また、どこかでお会いしましょう！

森本あき

ガブリエラブックスをお買い上げいただきありがとうございます。
森本あき先生・敷城こなつ先生へのファンレターはこちらへお送りください。

〒110-0016　東京都台東区台東4-27-5（株）メディアソフト
ガブリエラブックス編集部気付　森本あき先生／敷城こなつ先生 宛

gabriella books

MGB-037

イケメン御曹司は子育てママと愛娘をもう二度と離さない

2021年8月15日　第1刷発行

著　者　森本《もりもと》あき
装　画　敷城《しきじょう》こなつ
発行人　日向晶
発　行　株式会社メディアソフト
〒110-0016
東京都台東区台東4-27-5
TEL：03-5688-7559　FAX：03-5688-3512
http://www.media-soft.biz/
発　売　株式会社三交社
〒110-0016
東京都台東区台東4-20-9 大仙柴田ビル2階
TEL：03-5826-4424　FAX：03-5826-4425
http://www.sanko-sha.com/
印　刷　中央精版印刷株式会社
フォーマットデザイン　小石川ふに（deconeco）
装　丁　吉野知栄（CoCo. Design）

ISBN 978-4-8155-4060-9